दुःख (Sad)

Abdul Waheed

दुःख (Sad)

By- Abdul Waheed,

notionpress.com

CERTIFICATE OF PUBLISHING

We're proud to present this certificate of publishing to

Abdul Waheed

for successfully publishing

SAD

on 25-11-2022

"A writer's life and work are not a gift to mankind; *they're a necessity*"~ Toni Morrison

© Abdul Waheed

इस पुस्तक को बिना अनुमति के नकल करना मना है।

समर्पण

यह पुस्तक मेरे पिता मरहूम हाजी उबैदुरहमान (मुन्ना) तथा छोटा भाई अब्दुल हमीद की याद में समर्पित है, अल्लाह ताला (ईश्वर) इनकी आत्मा को शांति दे, आमीन

विषय सूची

भूमिका

आज के इस भागमभाग जिंदगी में हर इंसान के निकट कोई ना कोई दुख जरूर है हालांकि यह दुख प्राचीन समय से ही चला आ रहा है जो इंसान के साथ लगा रहता है छोटा हो या बड़ा दुख। इसी को थोड़ा जानने के लिए गौतम बुद्ध के विचारों को प्रदर्शित किया गया है क्योंकि उन्होंने दुख के बारे में विस्तार से चर्चा किया है। आप भी इस पुस्तक को पढ़े और दुख के विषय में यदि कोई ज्ञान अधूरा हो तो अवगत कराएं। आपका- अब्दुल वहीद बाराबंकी, यूपी, इंडिया ।

दिनांक -22/11/2022

गौतम बुद्ध का जीवन चरित्र

बौद्ध धर्म के संस्थापक गौतम बुद्ध का नाम सिद्धार्थ था तथा उनके बंश का नाम गौतम था । उनका जन्म 566 ई . पू . में शाक्य नामक क्षत्रिय राजकुल में , भारत - नेपाल सीमा के समीप तराई में लुम्बिनी नाम ग्राम में हुआ । उनके पिता का नाम राजा शुद्धोदन तथा माता का नाम मायादेवी था । उनके पिता के गणराज्य की राजधानी का नाम कपिलवस्तु था । सिद्धार्थ के जन्म के सात दिन पश्चात् इनकी माता का देहान्त हो गया था । इनका पालन पोषण इनकी मौसी ने किया । उनकी बाल्यावस्था तथा युवावस्था अति सुखपूर्ण तथा राजसी वैभव में गुजरीं । उनका विवाह यशोधरा नामक एक अति रूपवती राजकुमारी से हुआ जिससे इन्हें एक पुत्र भी प्राप्त हुआ जिसका नाम राहुल था । इतना कुछ सुख मिलने पर भी सिद्धार्थ जीवन से सन्तुष्ट नहीं थे । उनका अधिक समय गम्भीर चिन्तन तथा सोच विचार में ही

बीतता था । भोग विलास का भरपूर प्रबन्ध होने पर तथा मनोरंजन की सारी सामग्री उपलब्ध होने के बावजूद भी उनका मन इन में नहीं रमा एक दिन सिद्धार्थ सैर के लिये महल से निकले । रथ में बैठे हुये उन्होंने मानव जीवन की वास्तविकता के कुछ ऐसे रूप देखे जिनसे इनका मन अति प्रभावित तथा बेचैन हो गया । एक अति वृद्ध तथा जर्जर पुरुष , बुढ़ापे की अवस्था से जिस के दाँत टूट गये थे , बाल पक गए थे तथा कमर टेड़ी होकर दोहरी हो गई थी , लाठी का सहारा लिये धीरे - धीरे कॉपता हुआ चला जा रहा था । फिर उन्होंने एक अति कृशकाय रोगी को देखा जो रोग से पीड़ित अवस्था में कराह रहा था । फिर एक शव की अर्थी को निकलते तथा उसके पीछे शोकित , रोते तथा छाती पीटते लोगों को जाते हुए देखा । फिर उन्हें शान्त तथा गम्भीर मुद्रा में एक संन्यासी के दर्शन हुये जो हाथ में भिक्षा पात्र लिये त्याग भावना से पूर्ण संसार के दुःखों से घिरा विचरण कर रहा था । इन चारों दृश्यों ने उनके मन में भारी हलचल तथा विचारों में क्रान्ति पैदा कर दी । मनुष्य रोगी क्यों होता है , क्यों दुःख उठाता है , क्यों बूढ़ा होता है और क्यों मर जाता है ? उन्हें इस प्रश्नों के उत्तर जानने की धुन लग गई । महल के राजसी ठाटबाट में कैद होने के कारण उन्हें मनुष्य की इन अवस्थाओं का जरा भी आभास न था । सिद्धार्थ मानव जीवन की इन अवस्थाओं पर जितना ही गौर करते थे उतनी ही अधिक उनकी व्याकुलता बढ़ती जा रही थी । अन्त में इस व्याकुलता का अन्त करने के लिये राजसी सुखों को त्याग कर संसार के कष्टों को दूर करने का उपाय तलाश करने का दृढ़ निश्चय किया । वह हर समय दुःख पूर्ण संसार के विषय ही में सोचते रहते थे । उदासी , गम्भीरता और चिन्तन उनके जीवन की स्थाई वृत्तियाँ बन गई थीं । सांसारिक विलास तथा सुखों से उनके मन की विरक्ति को गृहस्थी का मोह भी नहीं हटा पाया । आखिर 21 वर्ष की आयु में , एक रात्रि की स्तब्धता में वह अपने पुत्र राहुल तथा पत्नी को सोता छोड़ कर , सब सुखों का

त्याग कर , अपने सारथी के साथ राजमहल से बाहर निकल आये । यह घटना उन के जीवन में महाभिनिष्क्रमण कहलाती गृहत्याग तथा रात भर की यात्रा के पश्चात् वह अपने राज्य की सीमा के बाहर आये और एक तीखे कृपाण से अपने केश काट दिये । अपने आभूषण उतार कर सारथी को दिये और उसे घोड़े के साथ वापिस भेज दिया । फिर एक ग्रामीण से अपने वस्त्र बदल कर भिक्षु का रूप धारण किया । इस प्रकार संन्यास ग्रहण कर लगभग छः वर्ष साधु , महात्माओं , संन्यासियों , विद्वानों तथा पंडितों के पास ज्ञान प्राप्ति और सांसारिक दुखों को दूर करने के उपायों की तलाश में भटकते रहे । उन्हें इन सब प्रयासों में निराशा ही प्राप्त हुई । फिर उन्होंने बिहार प्रान्त के गया नगर के निकट सघन वन में उरुवेला नामक स्थान पर अपने पाँच साथियों के साथ छ : वर्ष तक घोर तपस्या की । इस तपस्या के फलस्वरूप उनका शरीर अस्थिपञ्चर मात्र रह गया । इतने पर भी उन्हें ज्ञान प्राप्ति नहीं हुई । उन्होंने अब कठोर तप के मार्ग को छोड़कर मध्यम मार्ग के विषय में सोचना आरम्भ किया । मध्यम मार्ग न तो भोग विलास में अति आसक्त होने का और न अनिद्रा , अनाहार , तपस्या , कठोर आत्म - पीड़न , आदि कष्ट - साधनाओं को अपनाने का मार्ग है । इन दोनों उग्रवादी मार्गो के बीच के मार्ग को मध्यम मार्ग माना गया है । उनके पाँचों साथियों ने उन्हें तपभ्रष्ट जानकर उनका साथ छोड़ दिया । उस समय जब वह एक पीपल के वृक्ष के नीचे बैठे अपने जीवन पर विचार मग्न थे तो उन्हें अकस्मात् ज्ञान प्राप्ति हुई । इस दिव्य ज्ञान ज्योति से उनकी अन्तर - आत्मा प्रकाशित हो गई । इसी सत्य - ज्ञान की प्राप्ति या ' बोध ' के कारण राजकुमार सिद्धार्थ ' बुद्ध ' कहलाये , तथा लोगों के बीच गौतम बुद्ध के नाम से प्रसिद्ध हये । जिस पीपल वृक्ष के नीचे विचार मग्न मुद्रा में बैठे राजकुमार को ' बोध ' प्राप्त हुआ , वह बोधि वृक्ष के नाम से प्रख्यात हो गया ।

कालान्तर में यह वृक्ष बौद्ध मतावलम्बियों के लिये पूजनीय बन गया
।

गौतम बुद्ध ज्ञान का सन्देश सारे जगत को देना चाहते थे । इसके
लिये उन्होंने भ्रमण करके प्रचार आरंभ किया । सर्वप्रथम वह वाराणसी
के निकट सारनाथ नामक स्थान पर आये और वहाँ मृगकुञ्ज स्थान
पर अपना प्रथम धर्म उपदेश दिया । वहाँ उन्हें अपने पुराने साथियों से
पुनः भेंट का अवसर मिला जो उनका ज्ञानोपदेश सुनकर उनके शिष्य
बन गये । बौद्ध धर्म में इस सर्व प्रथम ज्ञानोपदेश का भारी महत्व है ।
गौतम बुद्ध ने मध्यम मार्ग अपनाने की शिक्षा दी । गया के समीप
वह स्थान जहाँ वह आत्म - ज्ञान प्राप्त करके बुद्ध कहलाये ,
बौद्धगया के नाम से प्रख्यात हो कर बौद्धों का तीर्थ स्थल बन गया ।
इसी प्रकार सारनाथ जहाँ उन्होंने सर्व प्रथम पाँच शिष्य बनाये तथा
उनका जन्म स्थान लुम्बिनी भी बौद्धों के पवित्र तीर्थ स्थल बेन गये
तथा दूर - दूर देशों से बौद्ध अनुयायी इन स्थलों के दर्शन करने को
आते हैं । दुःख , उनके कारण और निवारण के लिये उन्होंने अष्टांगिक
मार्ग अपनाने का संदेश दिया । अहिंसा पर बहुत बल दिया । कर्म -
काण्ड और पशु बलि का विरोध किया । गौतम बुद्ध प्रचार करते करते
सारनाथ से राजगृह गये । वहाँ उन्होंने कई विद्वानों को अपना शिष्य
बनाया तथा वहाँ मगध - नरेश बिम्बसार ने भी बौद्ध धर्म में दीक्षा ली
। अपने संदेश का जन - साधारण की सरल बोल चाल की भाषा , पाली
में प्रचार किया । बौद्ध धर्म के द्वार सभी प्रकार के लोगों के लिये खुले
थे । ब्राह्मण हो या शूद्र , पापी हो या चाण्डाल , स्त्री हो या पुरुष ,
गृहस्थ हो या ब्रह्मचारी , बौद्ध धर्म सभी वर्गों के लोगों को ग्रहण
करता था । बौद्ध धर्म में वर्णाश्रम धर्म , ऊंचनीच , धनी - निर्धन का
कोई भेद भाव नहीं था । बौद्ध धर्म के अनुयायियों की संख्या बड़ी
तेजी से बढ़ने लगी । बड़े - बड़े राजा महाराजा , धनी साहूकार तथा
विद्वान उनके शिष्य बनने लगे । फलतः बौद्ध संघ की स्थापना की

गई जिसमें न केवल भिक्षुओं को वरन भिक्षुणियों को भी सदस्यता की अनुमति थी । इस प्रकार गौतम बुद्ध ने 44 वर्ष तक सतत धर्मप्रचार कर के सब वर्गों के अनेकों व्यक्तियों को बौद्ध मतावलम्बी बना कर कुशीनगर अर्थात् वर्तमान उत्तर प्रदेश में गोरखपुर जिले के अन्तर्गत कसिया में 80 वर्ष की आयु में शरीर त्याग कर ' महापरिनिर्वाण ' प्राप्त किया । मरणोपरान्त उनके शरीर की भस्म को आठ जातियों ने परस्पर बांट कर उन पर अलग अलग स्तूप बनाये । कुशीनगर में उस स्थल पर , जहाँ उन्होंने निर्वाण प्राप्त किया , उनकी एक विशाल मूर्ति की स्थापना की गई । यह मूर्ति आज भी विद्यमान है । कुशीनगर बौद्धों का ने अति पवित्र तीर्थ स्थान है ।

संदर्भ–विश्व के प्रमुख धर्म

बुद्ध के उपदेश

बुद्ध के सिद्धांत एवं उपदेश सरल तथा व्यवहारिक थे उन्होंने नैतिक जीवन तथा सदाचार पर बल दिया और यह बतलाया की आत्मा -परमात्मा-संबंधी वाद-विवाद मनुष्य की नैतिक प्रगति में कदापि सहायक नहीं है। उन्होंने इस संसार को नश्वर, नित्य एवं दुख मय घोषित किया तथा मानव जाति को इस सर्वव्यापी दुःख से मुक्ति पाने का उपाय बतलाया । उनके उपदेशों में चार आर्य - सत्य प्रसिद्ध है । ये हैं

1. दुःख संसार में सर्वत्र दुःख - ही - दुःख है । जन्म , मरण , बुढ़ापा और रोग दुःख प्रिय - वियोग , अप्रिय - संयोग एवं इच्छित वस्तु की प्राप्ति नहीं होना भी दुःख है । संसार के सभी प्राणी इन दुःखों से पीड़ित हैं ।

2. दुःख समुदाय (दुःख का कारण) इस संसारव्यापी दुःख का कारण तृष्णा अथवा ' तन्हा ' है । सांसारिक भोगों को न बुझनेवाली तृष्णा के कारण मनुष्य दुःखों के बंधन में फँसता है । इसी तृष्णा के कारण अहंकार , ममता , राग - द्वेष आदि दुःख उत्पन्न होते

3. दुःख - निरोध तृष्णा या वासना के विनाश से ही दुःख का विरोध अथवा निवारण संभव है । संपूर्ण तृष्णाओं के अंत के बाद ही आवागमन एवं अन्य दुःखों का नाश हो सकता है पुनर्जन्म एवं अन्य दुःखों से मुक्ति की अवस्था का नाम निर्वाण ' है ।

4. दुःख निरोधगामिनी प्रतिपदा इस दुःख का विरोध आष्टांगिक मार्ग पर चलने से ही हो सकता है । प्रार्थना , यज्ञ , वेद - मंत्रों का उच्चारण तथा तपस्या सभी इसके लिए निरर्थक हैं । आष्टायिक मार्ग में निम्नलिखित आठ बातें हैं

1. सम्यक् दृष्टि– सत्य विश्वास एवं सत्य दृष्टिकोण प्राप्त कर लेना ही सम्यक दृष्टि है । जिससे भले - बुरे कर्मों की पहचान हो जाती है।

2– सम्यक् संकल्प दृढ विचार ही सम्यक संकल्प है ।

3 . सम्यक् वाक् सत्य एवं प्रिय वचन हो सम्यक वाक है 4– सत्कर्म ही सम्यक कर्मांत है सम्यक् कर्मांत 5–सम्यक् आजीव : जीविका के साधनों का पवित्र होना ही सम्यक आजीव है ।

6– सम्यक् व्यायाम : विशुद्ध एवं विवेकपूर्ण प्रयत्नों का नाम ही सम्यक व्यायाम है । इसमें इंद्रिय - संयम एवं उच्च विचार सम्मिलित हैं ।

7 . सम्यक् स्मृति– मनुष्य शरीर के प्रत्येक संस्कार एवं चेष्टा के प्रति जागरुक की अनुभूतियों के प्रति सजग रहे . चित्त के राग - द्वेष को पहचानते हुए सभी कार्य विवेक एवं सावधानी से करे यही सम्यक् स्मृति है ।

8–. सम्यक् समाधि– चित्त की एकामता एवं ध्यानस्थ अवस्था को ही सम्यक समाधि कहते हैं । इससे आंतरिक शांति और आनंद उपलब्ध होता है ।

यह आष्टांगिक मार्ग ही बुद्ध का प्रसिद्ध मध्यम मार्ग है तथागत की देखी हुई ' मज्झिमा पटिपदा ' है । यह शारीरिक भोग - विलास एवं तपस्याजनित काया - क्लेश के बीच का मार्ग है , जिसका प्रवज्या नहीं

लेने वाले गृहस्थ भी अनुसरण कर सकते थे । इसमें अति का विरोध किया गया है । मनुष्य को नैतिक जीवन द्वारा मुख - शांति प्रदान कर सकता है ।

बुद्ध ने अपने उपदेशों में नैतिक जीवन पर बहुत बल दिया । सदाचार , प्रेम , सत्य , उदारता , माता - पिता की आज्ञा का पालन , गुरुजनों के प्रति श्रद्धा , मद्यपान निषेध , करुणा एवं दान उनके नैतिक उपदेशों में विशिष्ट स्थान रखते थे । बौद्धसंघ के भिक्षुओं को निर्वाण - प्राप्ति के लिए मनसा - वाचा - कर्मणा शुचिता का पालन करना आवश्यक था । उन्होंने भिक्षुओं के दस शील उपदेश दिया , जिनमें पहले पाँच गृहस्थों अथवा साधारण उपासकों के लिए अनिवार्य थे । ये हैं- 1. अहिंसा , 2. सत्य , 3. अस्तेय (चोरी नहीं करना) , 4. अपरिग्रह का त्याग , 5. ब्रह्मचर्य , 6 . नृत्य - गान का त्याग , 7. सुगंधित द्रव्य , माल्यादि का त्याग , 8. अकाल भोजल का त्याग , 9 . कोमल शय्या का त्याग , 10. कामिनी कांचन का त्याग ।

बुद्ध ने अपने दर्शन में पुनर्जन्म को स्वीकार किया । उन्होंने यह घोषित किया कि मनुष्य अपने कर्मों के फल से ही अच्छा - बुरा जन्म पाता है । ईश्वर और आत्मा को न मानते हुए भी बुद्ध पुनर्जन्म में विश्वास करते थे । उनके अनुसार पुनर्जन्म आत्मा का नहीं , वरन् अनित्य अहंकार का होता है । जब मनुष्य की वासना , जो असंकार और ममता की जननी है , नष्ट हो जाती है , तब वह पुनर्जन्म के बंधन से मुक्त हो जाता है । जिस प्रकार तेल और बत्ती के जल जाने से दीपक अपने - आप बुझ कर शांत हो जाता है , वैसे ही वासना एवं अहंकार के क्षय होने से मनुष्य कर्म बंधन से विमुक्त हो कर परम शांति प्राप्त करता है , जिसे ' निर्वाण , कहते हैं । निर्वाण ही बौद्धधर्म का परम लक्ष्य है । इसकी प्राप्ति से समस्त कष्टों का निवारण , जीवन के मोह का अंत तथा पुनर्जन्म के बंधन से मुक्ति मिल जाती है । यह परमशांति की अवस्था है । बुद्ध के उपदेशों में अहिंसा एवं

करुणा का भी महत्त्वपूर्ण स्थान है , पर जैनधर्म में अहिंसा की भावना को जो तूल दिया गया , वह बुद्ध के उपदेशों में नहीं है । समस्त प्राणियों के प्रति दया एवं प्रेम उनकी दृष्टि में आवश्यक थी , पर साथ ही मांस - भक्षण की अनुमति भी उन्होंने दी थी । उन्होंने वेदों की प्रामाणिकता एवं अपौरुषेयता के सिद्धांत को अस्वीकार किया । वैदिक कर्मकांड , जटिल यज्ञ - प्रथा एवं कठोर बलिप्रथा के वे घोर विरोधी थे । उन्होंने तंत्र - मंत्र एवं अंधविश्वासों की भर्त्सना की और जाति प्रथा के कारण समाज में व्याप्त विषमता का विरोध किया । ब्राह्मणों की प्रधानता को मानने से इनकार कर दिया । उन्होंने अपने धर्म में पुरोहितवाद , तपस्या , यज्ञ एवं जाति प्रथा को कोई स्थान नहीं दिया । उनके धर्म का द्वार सभी जातियों एवं वर्गों के लिए खुला हुआ था । इस प्रकार उनके उपदेश न केवल धार्मिक क्रांति , वरन् सामाजिक क्रांति लाने में भी सहायक सिद्ध हुए ।

संदर्भ - विश्व की प्राचीन सभ्यताओं का इतिहास, बिहार हिंदी ग्रंथ अकादमी।

अन्तिम समय

बुद्ध ने 80 वर्ष की अवस्था में अपना शरीर छोड़ा ; पर इसके पूर्व ही उनके धर्म ने बुद्ध ने ५० संसार में बड़ी प्रबलता और दृढता स्थापित कर ली । बुद्ध ने अन्त में एक बार शिष्यों को पुनः उपदेश दिया और धर्म का तत्व समझाया तथा अपने धर्म में दृढ रहने की आज्ञा दी । बुद्ध ने कहा - " यदि मनुष्य मन में निश्चय कर ले कि उसे बुद्ध में , संघ में और धर्म में विश्वास है , तो उसकी मुक्ति हो गई । " बुद्धं शरणं गच्छामि , संघ सरणं गच्छामि , धम्मं सरणं गच्छामि । " — यह इस धर्म का मूलमन्त्र हुआ । आनन्द से भगवान् ने कहा " हे आनन्द ! तुम स्वयं अपने लिए प्रकाश हो । मेरे बाद तुम किसी दूसरे बाहरी रक्षक की शरण न लेना , रक्षक की भाँति सत्य में दृढ रहना । " जब बुद्ध के निर्वाण का समय निकट जानकर आनन्द बिहार में खूटी पकड़कर रोने तथा पश्चात्ताप करने लगे , तब बुद्ध ने उन्हें अपने पास बुलाया और कहा -- " आनन्द ! बस अब दुःख मत करो । क्या मैंने तुमसे नहीं कहा कि यह बात स्वाभाविक है कि प्रियजन पृथक् हो जाते हैं । जो वस्तु उत्पन्न हुई , उसमें नाश लगा हुआ है । यह कैसे सम्भव है कि नाश न हो तुमने मेरे प्रति प्रेम - व्यवहार रखा । तुम्हारा प्रेम

कभी घटा नहीं । तुम अपने उद्योग में लगे रहो । तुम भी बुराई से शून्य हो जाओगे तथा निर्वारण को प्राप्त होगे । नहीं हूँ और न मैं अन्तिम बुद्ध ही होऊगा । जबतक मेरे शिष्यगण संसार में मैं पहला बुद्ध पवित्रता के साथ धर्म का पालन करेंगे , तबतक धर्मोन्नति होती रहेगी ।

संदर्भ – विश्व धर्म दर्शन, बिहार राष्ट्रभाषा परिषद।

बौद्ध दर्शन

गौतम बुद्ध के महापरिनिर्वाण के बाद, बौद्ध धर्म के अलग-अलग संप्रदाय उपस्थित हो गये हैं, परन्तु इन सब के बहुत से सिद्धान्त मिलते हैं।

प्रतीत्यसमुत्पाद

प्रतीत्यसमुत्पाद का सिद्धान्त कहता है कि कोई भी घटना केवल दूसरी घटनाओं के कारण ही एक जटिल कारण-परिणाम के जाल में विद्यमान होती है। प्राणियों के लिये, इसका अर्थ है कर्म और विपाक (कर्म के परिणाम) के अनुसार अनंत संसार का चक्र। क्योंकि सब कुछ अनित्य और अनात्मं (बिना आत्मा के) होता है, कुछ भी सच में विद्यमान नहीं है। हर घटना मूलतः शुन्य होती है। परंतु, मानव, जिनके पास ज्ञान की शक्ति है, तृष्णा को, जो दुःख का कारण है, त्यागकर, तृष्णा में नष्ट की हुई शक्ति को ज्ञान और ध्यान में बदलकर, निर्वाण पा सकते हैं।तृष्णा शून्य जीवन केवल विपश्यना से

संभव है। आज के इस युग मे प्रतीत्यसमुत्पाद समाज से कही गायब हो ।

क्षणिकवाद

इस दुनिया में सब कुछ क्षणिक है और नश्वर है। कुछ भी स्थायी नहीं। परन्तु वैदिक मत से भिन्न है।

अनात्मवाद

आत्मा का अर्थ 'मै' होता है। किन्तु, प्राणी शरीर और मन से बने है, जिसमे स्थायित्व नही है। क्षण-क्षण बदलाव होता है। इसलिए, 'मै'अर्थात आत्मा नाम की कोई स्थायी चीज़ नहीं। जिसे लोग आत्मा समझते हैं, वो चेतना का अविच्छिन्न प्रवाह है। आत्मा का स्थान मन ने लिया है।

अनीश्वरवाद

बुद्ध ने ब्रह्म-जाल सूत् में सृष्टि का निर्माण कैसा हुआ, ये बताया है। सृष्टि का निर्माण होना और नष्ट होना बार-बार होता है। ईश्वर या महाब्रह्मा सृष्टि का निर्माण नही करते क्योंकि दुनिया प्रतीत्यसमुत्पाद अर्थात कार्यकरण-भाव के नियम पर चलती है। भगवान बुद्ध के अनुसार, मनुष्यों के दूःख और सुख के लिए कर्म जिम्मेदार है, ईश्वर या महाब्रह्मा नही। पर अन्य जगह बुद्ध ने सर्वोच्च सत्य को अवर्णनीय कहा है।

शून्यतावाद

शून्यता महायान बौद्ध सम्प्रदाय का प्रधान दर्शन है।

यथार्थवाद

बौद्ध धर्म का मतलब निराशावाद नहीं है। दुख का मतलब निराशावाद नहीं है, बल्कि सापेक्षवाद और यथार्थवाद है। बुद्ध, धम्म

और संघ, बौद्ध धर्म के तीन त्रिरत्न हैं। भिक्षु, भिक्षुणी, उपसका और उपसिका संघ के चार अवयव हैं.

बोधिसत्व

दस पारमिताओं का पूर्ण पालन करने वाला बोधिसत्व कहलाता है। बोधिसत्व जब दस बलों या भूमियों (मुदिता, विमला, दीप्ति, अर्चिष्मती, सुदुर्जया, अभिमुखी, दूरंगमा, अचल, साधुमती, धम्म-मेघा) को प्राप्त कर लेते हैं तब "बुद्ध" कहलाते हैं। बुद्ध बनना ही बोधिसत्व के जीवन की पराकाष्ठा है। इस पहचान को बोधि (ज्ञान) नाम दिया गया है। कहा जाता है कि बुद्ध शाक्यमुनि केवल एक बुद्ध हैं - उनके पहले बहुत सारे थे और भविष्य में और होंगे। उनका कहना था कि कोई भी बुद्ध बन सकता है अगर वह दस पारमिताओं का पूर्ण पालन करते हुए बोधिसत्व प्राप्त करे और बोधिसत्व के बाद दस बलों या भूमियों को प्राप्त करे। बौद्ध धर्म का अन्तिम लक्ष्य है सम्पूर्ण मानव समाज से दुःख का अंत। "मैं केवल एक ही पदार्थ सिखाता हूँ - दुःख है, दुःख का कारण है, दुःख का निरोध है, और दुःख के निरोध का मार्ग है" (बुद्ध)। बौद्ध धर्म के अनुयायी अष्टांगिक मार्ग पर चलकर न के अनुसार जीकर अज्ञानता और दुःख से मुक्ति और निर्वाण पाने की कोशिश करते हैं।

प्राचीन बौद्ध साहित्य में ऐसे असंख्य स्थल आए है जहां इन्हें बार - बार अधिकाधिक विस्तार पूर्वक और भिन्न - भिन्न प्रकार से स्पष्ट किया गया है । यदि हम इन संदर्भों और स्पष्टीकरणों की सहायता से चार आर्य सत्यों का अध्ययन करें , तो हमें इन मूल ग्रन्थों के अनुसार बुद्ध के मूलभूत उपदेशों का पर्याप्त सन्तोषप्रद घोर सही विवरण मिल जाता है । ये चार ग्रार्य सत्य हैं :

१ -दुक्ख (दुःख) ,

२-- समुदय , अर्थात् दुःख की उत्पत्ति अथवा उसका मूल हेतु ,

३ - निरोध , दुक्ख का निवारण अर्थात उसकी समाप्ति ,४-- मग्ग , (मार्ग) दुक्ख की समाप्ति या निरोध गामिनी प्रतिपदा (पटिपदा) ।

दुःख

प्रथम आर्य सत्य (दुक्ख अरियसच्च) " पीड़ा आर्य (श्रेष्ठ) सत्य " है , बौद्ध अनुसार जीवन पीड़ाओं और कष्टों के अतिरिक्त और कुछ नहीं है । मत के किन्तु बौद्ध धर्म न तो निराशावादी है और न स्वप्नजीवी या श्राशावादी । निश्चयात्मक रूप में यह यथार्थवादी है , क्योंकि जीवन और संसार के प्रति इसका दृष्टिकोण यथार्थपरक है । यह वस्तुओं को उनके वस्तुनिष्ठ (यथाभूतम्) रूप में देखता है । यह न तो आपको मिथ्या सान्त्वना देता है और न ही अनेक प्रकारकाल्पनिक भय और पापों से छातंकित तथा पीड़ित करता है । यह आपको निश्चयात्मक तथा उद्देश्यात्मक रूप से बताता है कि आप क्या है ? और आपके चारों घोर का संसार क्या है ? संसार - चक्र से आपका क्या सम्बन्ध है ? हो सकता है कि एक चिकित्सक किसी रोग को गंभीर रूप से बढ़ा चढ़ाकर बताये श्रीर ठीक होने की प्राशा ही एकदम त्याग दे । दूसरा चिकित्सक इस प्रकार रोगी को झूठी सान्त्वना देकर छलते हुए , अज्ञानतावश घोषित कर दे कि कोई रोग ही नहीं है और किसी उपचार की आवश्यकता ही नहीं है । आप पहले चिकित्सक को निराशावादी और दूसरे को आशावादी कह सकते हैं । दोनों ही चिकित्सक समान रूप से भयंकर हैं । किन्तु तीसरा चिकित्सक रोग के लक्षणों का ठीक - ठीक निदान करता है , रोग के

कारण और उसकी प्रकृति को समझता है , स्पष्ट देखता है कि रोग ठीक हो सकता है और साहसपूर्वक पूरा उपचार करके , रोगी को बचा लेता है । भगवान बुद्ध इसी तीसरे प्रकार के चिकित्सक के समान हैं । वे भव - रोगों के बुद्धिमान और वैज्ञानिक चिकित्सक (भिषक्क अथवा भैषज्य - गुरु) हैं । । प्रथम आर्य सत्य के रूप में-- " दुक्ख " शब्द का , जो कि जीवन और जगत के प्रति बुद्ध के दृष्टिकोण का परिचायक है , अधिक गंभीर दार्शनिक अर्थ है और इसका भाव कहीं अधिक व्यापक है । यह स्वीकृत है कि प्रथम प्रार्य सत्य के रूप में " दुक्ख " शब्द स्पष्टत : " पीड़ा " का साधारण अर्थ तो बताता ही है किन्तु इसके साथ - साथ यह गम्भीर विचार जैसे- ' अपूर्णता ' , ' अस्थायित्व ' , ' शून्यता ' , ' निस्सारता ' भी सम्मिलित हैं । अतएव कोई ऐसा अकेला शब्द जिसके तात्पर्य में प्रथम आर्य सत्य के रूप में दुक्ख शब्द की सम्पूर्ण धारणा व्यक्त हो सके , ढूंढ पाना कठिन है । भगवान बुद्ध जब यह कहते हैं कि दुक्ख हैं , तब वे जीवन के सुखों को अस्वीकार नहीं करते । इसके विपरीत वे सामान्य व्यक्तियों - गृहस्थों के साथ - साथ भिक्षुओं के लिए , भिन्न - भिन्न प्रकार के सुखों की स्थिति , भौतिक और आध्यात्मिक , दोनों ही स्वीकार करते हैं । जैसे गृहस्थ जीवन का सुख , इन्द्रिय जनित आनन्द का सुख और सर्वस्व त्याग जनित सुख , रागासक्ति का सुख और विराग का सुख , शारीरिक सुख और मानसिक सुख इत्यादि । किन्तु ये सब दुःख में सम्मिलित किए गए हैं । यह " दुस्ख " है , इसलिए नहीं कि इस शब्द के साधारण अर्थ में ' दुःख ' है , वरन् इस कारण कि " जो कुछ अस्थायी और अनित्य है , वह दुक्ख है (यदनवं तमं दुक्खं) ।

२- दुःख समुदय - दुःख का मूल कारण

दूसरा धार्म सत्य दुस्ख का उदय या मूल कारण (दुक्खसमुदय धरियस) है । इस द्वितीय प्रार्य सत्य की सर्वविख्यात और सुविज्ञात परिभाषा , जैसी मूल ग्रन्थों में असंख्य स्थानों पर पायी जाती है ,

निम्नलिखत प्रकार है : " यह तृष्णा (लिप्सा , लालसा , तम्हा) ही है , जो पुनर्जीवन और पुनर्भव का कारण (पोनोभविका) है , और जो बासनात्मक लोभ से बंधी हुई है (नन्दिराग सहगता) और जो कभी इसमें तो कभी उसमें (तवंतवाभिनन्दिनी) पुनः पुनः आनन्द प्राप्त करती है , यया (१) पंच इन्द्रिय सुख की तृष्णा (काम - तण्हा) , (२) शाश्वत दृष्टि या अपने अस्तित्व की आसक्ति , मनुष्य के पुनः पुनः उत्पत्ति और स्थिति सम्बन्धी तृष्णा (भव - तण्हा) , (३) पुनः उत्पत्ति न होने की दृष्टि उच्छेद दृष्टि की तृष्णा (विभव - तण्हा) इससे मनुष्य अतीत अनागत जीवन को प्रस्वीकार कर देता है और मनमानी भोग विलास करता है । यह तृष्णा , आकांक्षा , लोभ , लालसा ही अपने को नाना रूपों में व्यक्त करती है । वह सब प्रकार के दुःखों की उत्पत्ति और मनुष्य के पुनः पुनः उत्पत्ति का कारण है । किन्तु इसे ही प्रथम कारण नहीं मान लेना चाहिए , क्योंकि बौद्ध धर्म के अनुसार , कोई भी प्रथम ही नहीं है , प्रत्येक बात सापेक्ष और अन्योन्याश्रित है । प्रत्येक अपने उदय (समुदय) के लिए किसी अन्य बात पर आश्रित है , जो संवेदना (वेदना) है ; और संवेदना अनुभूति का उदय सम्पर्क (फस्स) पर आश्रित है , और इसी प्रकार आगे चक्र चलता रहता है , जो हेतु प्रत्यय - वाद , (प्रतीत्य समुत्पाद , पटिच्च समुप्पाद) कहलाता है । प्रतीत्यसमुत्पाद अनित्य कारणों से अनित्य कार्य की उत्पत्ति का सिद्धान्त है । यह सिद्धान्त बौद्ध धर्म की रीढ़ है । विस्तार में न जाकर आवश्यक रूप से यही जानना पर्याप्त होगा कि हम यह स्मरण रखें कि तृष्णा का केन्द्र हमारी अज्ञानता और उससे उत्पन्न अपनी आत्मा के रूप में अहंकार की मिथ्या धारणा है ।

इस प्रकार तृष्णा , दुःख के उदय का पहला और एक मात्र कारण नहीं हैं । किन्तु यह सबसे सुस्पष्ट और तात्कालिक कारण है , " प्रधान कारण " और " सर्वव्यापी विषय " है । अतएव मूल पालि ग्रन्थों के कुछ स्थलों पर ही समुदय ग्रंथवा दुःख की उत्पत्ति के कारणों की

परिभाषाओं में , तव्हा , तृष्णा जिसको सदैव प्रथम स्थान दिया गया है , के अतिरिक्त अन्य अपवित्रताओं और अशुद्धताओं (किलेसा , सासवाधम्मा)भी सम्मिलित किया गया है । हमारी चर्चा के लिए आवश्यक रूप से इस सीमित स्थान में यह जानना पर्याप्त होगा कि हम यह स्मरण रखें कि यह तृष्णा का केन्द्र हमारी माना है ।

यहां तृष्णा शब्द में केवल इन्द्रिय - सुख , सम्पत्ति और सत्ता की प्राकक्षा और इनके प्रति यासक्ति ही नहीं है , वरन् भावों और प्रादशों , दृष्टिकोणों , मतो , सिद्धान्तों , धार गायों और विश्वासों (धम्मतव्हा) की प्राकांक्षा और प्रासक्ति को भी सम्मिलित किया गया है । बुद्ध की व्याख्या के अनुसार संसार में समस्त अशांति (गड़बड़ियां) और संघर्ष , छोटे - छोटे व्यक्तिगत पारिवारिक कलहों से लेकर राष्ट्रों और देशों के बीच भयं कर युद्धों तक इसी स्वार्थजन्य " तृष्णा " के कारण होते हैं । इस दृष्टिकोण से सभी आर्थिक , राजनैतिक और सामाजिक समस्याओं का मूल कारण यह स्वार्थमयी तृष्णा ही है । बड़े - बड़े राजनेता जो अन्तर्राष्ट्रीय विवादों को निबटाने का प्रयास करते हैं और युद्ध तथा शांति की बात केवल साबिक और राजनैतिक अर्थों में करते हैं , सतही बातें करते हैं , पल्लवग्राही बातें करते हैं और समस्या की वास्तविक मूल की गहराई तक नहीं जाते । जैसा कि भगवान बुद्ध ने रट्ठपाल से कहा था " यह संसार अभावग्रस्त और लालायित रहता है और " तृष्णा " का दास बना हुआ है (तण्हादासो) ।

३-- निरोध : " दुक्ख की समाप्ति "

तीसरा श्रायं (श्रेष्ठ) सत्य दुःख की समाप्ति का आर्य सत्य कहलाता है । (दुक्खनिरोध - अरियसच्च) , यह " निब्बान " है , जो संस्कृत शब्द " निर्वाण " के रूप में अत्यधिक प्रसिद्ध है । दुःख को पूर्णतया समाप्त करने के लिए , दुःख के मूल कारण अर्थात् तृष्णा का नाश करना होगा , जैसा कि हम पहले देख चुके हैं । अतएव निर्वाण को तहक्खय " तृष्णा का क्षय " भी कहा गया है । इसके लिये अब आप

कहेंगे कि निर्वाण क्या है ? अब हम निर्वाण की कुछ परिभाषाओं और व्याख्याओं का विचार करें , जैसी कि मूल पालि ग्रन्थों में मिलती हैं " यह उसी • तृष्णा (तण्हा) का पूर्ण रूप से अन्त कर देना है , उसे छोड़ देना , उसका त्याग , उससे छुटकारा पाना , उससे अलग रहना है । " " समस्त बन्धनयुक्त वस्तुओं को शान्त , स्थिर कर देना , समस्त अपवित्रताओं का त्याग , तृष्णा को नष्ट कर देना , विरक्ति , कामनाओं को रोक देना , यह निव्वान(निर्वाण) है । भिक्षुषों , प्रवाध (प्रसंखत , बन्धन रहित) क्या है ? भिक्षुयो , यह इच्छाओं का पूर्णनाश , (रागक्खयो , रागक्षय) , घृणा का पूर्णनाश (दोमक्खयो , द्वेषक्षय) , मोह का नाश (मोहक्खयो , मोहक्षय) ही है । हे भिक्षुषो ! यही निर्बन्धस्थिति (निर्वाण) कहलाती है । तृष्णा का नाश (तहक्खयो) ही निव्बान है । हे भिक्षुग्रो , जितने भी बन्धनयुक्त अथवा बन्धन रहित वस्तुएं हैं , उन सभी में विरक्ति (विराग) उच्चतम है । इसका तात्पर्य है - अहंकार से मुक्ति पाना , तृष्णा का नाश , राग यानि अनुरक्ति को जड़ से उखाड़ देना , जन्मों की निरन्तरता को समाप्त कर देना , तृष्णा का पूर्ण नाम , राग रहित होना , कामनाओं को समाप्त कर देना , यही निब्बान है । बुद्ध के प्रधान शिष्य सारिपुव से एक परिव्राजक ने सीधा प्रश्न किया कि ' निब्यान क्या है ? ' सारिपुत्र का उत्तर स्पष्ट है इच्छा का नाश , तृष्णा की पूर्ण समाप्ति , मोह का नाश । निब्यान के संबंध में बुद्ध का कथन है-- " भिक्षुश्रो । वह अजात अभूत , हीण समुदय है । यदि प्रजात , अभूत , और अप्रसिद्ध समुत्पन्न स्थिति न होती , तो जात , भूत , और प्रतीत्य समुत्पन्न स्थिति से छुटकारा सम्भव नहीं है । " इस स्थिति में सघनता , तरलता , ताप और गति के चारों तत्वों का कोई स्थान नहीं है , न तो मृत्यु है और न जन्म , न ही इन्द्रिय ग्राह्य- (गोचर) वस्तुएं पायी जाती हैं । यह कहना कि निर्वाण नकारात्मक है अथवा सकारात्मक , सही नहीं है । नकारात्मकता और सकारात्मकता के भाव परस्पर

सम्बद्ध सापेक्षिक हैं और द्वेधीभाव (द्विविधता) की सीमा में आते हैं । ये मान्यतायें निर्वाण (पूर्ण सत्य) के प्रति नहीं लागू की जा सकती , क्योंकि वह द्विविधता और सापेक्षिकता से परे है ।

४ - मग्ग : मार्ग अथवा उपाय

चौया आर्य सत्य , दुःख को रोकने (निरोध) का मार्ग या उपाय है (दुक्ख निरोधागामिनी पटिपदा - अरिय सच्च) । यह मध्यम मार्ग (मज्झिमा पटिदा)यह में ऋत न . कहलाता है , क्योंकि यह दोनों ही छोरो , प्रतिवादों से हटाता है : एक छोर तो है इन्द्रिय सुख के माध्यम से आनन्द की खोज करना , जो कि " निम्न , सामान्य , अलाभकर और साधारण जनों का मार्ग है , दूसरा उपाय या मार्ग भिन्न - भिन्न प्रकार के तपों द्वारा अपने को पीड़ित करने का है , जो ' कष्टदायी , अयोग्य और अलाभकर है । इन दोनों ही छोरों को स्वयं परख कर , और उन्हें व्यर्थ पाकर , बुद्ध ने अपने निजी अनुभव के द्वारा ' मध्यम मार्ग ' का आविष्कार किया , जो दृष्टि और ज्ञान प्रदान करता है , जो शान्ति , अन्तर्दृष्टि , निर्वाण की ओर ले जाता है । यह मध्यम मार्ग साधारणतया ' आर्य अष्टांगिक मार्ग ' (अरिय - अटुंगिक मग्ग) कहलाता है , क्योंकि यह ग्राठ श्रेणियों अथवा अंगों से मिलकर बना है :

१ -- सम्यक् दृष्टि (सम्मादिट्ठि)

२- सम्यक विचार (सम्मा संकप्प)

३- सम्यक् वचन (सम्मा वाचा)

४ -- सम्यक् कर्म (सम्मा कम्मान्त)

५-- सम्यक् जीविका (सम्मा आजीव)

६- सम्यक् प्रयत्न (सम्मा व्यायाम)

७ -- सम्यक् स्मृति (सम्मा सति) -

८- सम्यक् एकाग्रता (सम्मा समाधि)

वस्तुतः बुद्ध की सम्पूर्ण शिक्षा , जिसका वे स्वयं अपने जीवन के ४५ वर्ष तक व्यवहार करते रहे , इसी मार्ग का निरूपण करती है । उन्होंने भिन्न - भिन्न लोगों को भिन्न - भिन्न ढंग और भिन्न - भिन्न शब्दों में आत्मिक विकास के स्तर और उनकी बोध क्षमता और अपने प्रति अनुसरण की भावना के अनुसार व्याख्या की है । बौद्ध धर्म ग्रन्थों में बिखरे हुए हजारों प्रवचनों का सार आर्य अष्टांगिक मार्ग में ही मिलता है । ऐसा नहीं सोचना चाहिए कि इस मार्ग को आठ श्रेणियों अथवा विभागों का अनुसरण श्रीर व्यवहार उसी संख्या के अनुसार जिसमें वे उक्त सूची में सामान्यतः दिए जाते हैं , एक - एक करके किया जाना चाहिए । वरन् इनका विकास प्रत्येक व्यक्ति की क्षमता के अनुसार जहां तक सम्भव हो लगभग साथ ही साथ किया जाना चाहिए । वे एक दूसरे से सम्बन्धित है और प्रत्येक अंग दूसरे अंग के विकास में सहायक होता है ।(इन आठ तत्वों का उद्देश्य बौद्ध शिक्षा और अनुशासन की तीन अनिवार्य बातो की अभिवृद्धि और उनको पूर्णता तक पहुंचाना है , अर्थात (क) सील (सदाचार) , (ख) समाधि (चित्त का अनुशासन) और (ग) पञ्जा (विवेक) प्रज्ञा । श्रतएव मार्ग के आठ अंगों को सुसंगत रूप से और भली - भांति समझने के लिए यह अधिक सहायक होगा , यदि उन्हें इन्हीं तीन शीर्षकों के अनुसार वर्गीकृत और स्पष्ट किया जाय । सील (सदाचार) का निर्माण , समस्त प्राणियों के प्रति मैत्री और करुणा की व्यापक भावना पर आधारित है जो , बुद्ध की शिक्षा का मूलभूत आधार है । बुद्ध ने विश्व के प्रति अपनी करुणा के कारण अपने उपदेश किसी विशिष्ट व्यक्ति या समुदाय के हित के लिए नहीं , वरन् बहुतों के भले के लिए , बहुतों के सुख के लिए (बहुजन हिताय , बहुजन सुखाय , लोकानुकम्पाय) दिए थे ।

बौद्ध धर्म के अनुसार पूर्णता प्राप्त करने हेतु व्यक्ति को दो गुणों का समान रूप से विकास करना चाहिए , एक ओर ' करुणा ' और दूसरी

ओर ' प्रज्ञा ' (पञ्जा) । यहां ' करुणा ' में प्रेम , दया , सहिष्णुता और ऐसे ही अन्य भावनात्मक गुण या हृदय के गुण आ जाते हैं , जबकि ' प्रज्ञा ' या विवेक , बौद्धिक पक्ष अथवा मानसिक गुणों का परिचायक है । यदि कोई बौद्धिक गुणों की उपेक्षा करके केवल भावनात्मक गुणों का ही विकास करे , तो वह सदाशयी (भले हृदय वाला) मूर्ख बन जायगा , जबकि भावना त्मक पक्ष की उपेक्षा करके केवल बौद्धिक गुणों को ही विकसित किए जाने पर व्यक्ति दूसरों की परवाह न करके कठोर हृदय वाला बुद्धिमान प्राणी बन जायगा । अतएव उसके विपरीत पूर्ण मनुष्य बनने के लिए व्यक्ति को दोनों ही पक्षों का समान रूप से विकास करना आवश्यक है । बौद्ध जीवन पद्धति का यही उद्देश्य है । इसमें विवेक और करुणा अनन्य रूप से परस्पर जुड़े हुए हैं । अब , शील सदाचार या नैतिक आचरण है । आर्य अष्टांगिक मार्गों में से तीन तत्वों का इसमें समावेश है : अर्थात् सम्यक् वाचा , सम्यक् कर्मान्त और सम्यक् प्राजीव । सम्यक् वाचा का अर्थ (१) असत्य बोलने से बचना (२) पिसुना वाचा पीठ पीछे बुराई करने और निन्दा करने से घोर ऐसी बातें करने से जिनसे व्यक्तियों अथवा लोगों के समूहों के बीच घृणा , शत्रुता , फूट और प्रसामंजस्य उत्पन्न हो , बिरत रहना । (३) फरुसा वाचा कटु , प्रपिय , अशिष्ट , द्वेषयुक्त और अपशब्द बोलने से विरत रहना और (४) सम्फपताप फालतू , निरयंक और मूर्खतापूर्ण बकवाद करने और गणवा से विरत रहना है । जब कोई व्यवहार के इन अनुचित और हानिकर बातों से बिलरहता है , तो उसे स्वाभाविक रूप से सत्य बोलना यावश्यक हो जाता है । ऐसे शब्दों का प्रयोग करना आवश्यक हो जाता है , जो मैत्रीपूर्ण और उदार , सुखदायी और शिष्ट , सार्थक और उपयोगी हों । व्यक्ति को असावधानी से नहीं बोलना चाहिए , बातचीत उचित समय और स्थान पर ही की जानी चाहिए । यदि कोई व्यक्ति किसी उपयोगी बात को न कह सके , तो उसे चाहिए कि " आर्य (शिष्ट) मोन " का आलम्बन

करे । सम्पक कर्म का उद्देश्य नैतिक , सम्मानप्रद , और शान्तिपूर्ण आचरण की अभि वृद्धि करना है । यह हमें सचेत करना है कि हम जीव हत्या से , चोरी करने से , बेइमानी के कार्यों (मिथ्याचार) से अवैध कामाचार से विरत रहे । यह भी है कि हम उचित ढंग से शान्तिपूर्ण और सम्मान जनक (प्रतिष्ठित) जीवन बिताने में दूसरों की सहायता करें । सम्यक् आजीव या जीविका का तात्पर्य है कि व्यक्ति को अपनी जीविका ऐसे व्यव साय से प्राप्त करने से विरत रहना चाहिए , जिससे दूसरों को हानि पहुंचे , जैसे श्रायुध और घातक हथियारों , मादक पेयों , विष , बध करने के लिए , प्राणियों के प्रति छल - कपट पूर्ण व्यवसाय ऐसा व्यवसाय करके अपनी जीविका अर्जित करनी चाहिए , जो प्रतिष्ठा प्रद , निष्कलंक और अन्य व्यक्तियों को हानि पहुंचाने के दोष से रहित हो । अष्टांगिक मार्ग के ये तीन अंग (सम्यक् वाचा , सम्यक् कर्मान्त और सम्यक् आजीव) शील से सम्बन्धित सदाचार है । यह समझ लिया जाना चाहिए कि बौद्ध आदर्शात्मक और नैतिक आचार का उद्देश्य , व्यक्ति और समाज दोनों ही के लिए एक सुखमय और सामंजस्यपूर्ण जीवन का विकास करना है । यही नैतिक आचरण समस्त उच्चतर आध्यात्मिक उपलब्धियों के लिए अपरिहार्य आधार माना जाता है । इस नैतिक आधार के बिना कोई आध्यात्मिक विकास संभव नहीं है । इसके बाद आता है चित्त का अनुशासन , जिसमें आर्य अष्टांगिक मार्ग के तीन अन्य अंग आते हैं , अर्थात् सम्यक् व्यायाम (प्रयत्न) , सम्यक् स्मृति (अथवा मनोयोग) और सम्यक् समाधि । सम्यक् व्यायाम का तात्पर्य (१) दोषपूर्ण और विवादग्रस्त मानसिक अवस्था के अभ्युदय को रोकने , और (२) मनुष्य के चित्त में पहले से उदग हो चुकी ऐसी दोषपूर्ण और विकारयुक्त स्थिति से छुटकारा पाने और (३) सुखकर और स्वास्थ्यकर मनःस्थितियों को जो अब तक न उदय हुई हो , उत्पन्न करने , उनके उदय के लिए , और (४) मनुष्य में पहले से

विद्यमान इष्टकर और हितकर मन स्थितियों का विकास करने और उनकी परिपूर्णता के लिए , बजवती इच्छा करना है ।सम्यक् स्मृति (अथवा मनोयोग) , शरीर (काय) के विभिन्न क्रिया - कलाप (२) संवेदना (वेदना) या अनुभूति (३) मन (चित्त) की क्रियाएँ और (४) विचारों , चिन्तनों (धम्म) धारणाओं और पदार्थों के संबंध में प्रयास जागरूक सचेत और ध्यानशील रहना है । ' सतिपठान सुत्त ' में (सतर्कता को स्थिर रखने का सूत्र) चित्त के सरकार अथवा ध्यान के इन चार रूपों का विस्तार से विवेचन किया गया है । मन अथवा चित्त को अनुशासित करने का तीसरा और अंतिम तत्व है सम्यक् समाधि , जो उत्कृष्ट ध्यान , जैसे ध्यान की चौथी स्थिति में , सभी संवेदनाएं , सुख और दुःख की , हर्ष और विषाद की भी समाप्त हो जाती है और केवल विशुद्ध समावस्था और चेतना शेष रह जाती है । इस के द्वारा मन या चित्त को प्रशिक्षित और अनुशासित किया जाता है और यह सम्यक् व्यायाम , सम्यक् स्मृति और सम्यक् समाधि द्वारा विकसित किया जाता है । शेष दो अंग अर्थात सम्यक् संकल्प और विवेक जागृत होता है । यक् दृष्टि से सम्यक् संकल्प अथवा सही विचार स्वार्थरहित त्याग या विरक्ति के भाव , समस्त प्राणियों के लिए प्रेम व मैत्री भाव और अहिंसा के भाव का द्योतक है । यह बात यहां पर ध्यान देने की है और महत्वपूर्ण है कि स्वार्थ रहित विरक्ति , प्रेम व मंत्री और अहिंसा के भावों को विवेक के पक्ष में समाहित किया गया है । इससे स्पष्ट हो जाता है । कि प्रज्ञा (विवेक) इन श्रेष्ठ गुणों से युक्त होता है और यह कि स्वार्थपूर्ण अभिलाषाओं , दुर्भावनाओं , घृणा और हिंसा के सभी विचार जीवन के सभी क्षेत्रों में चाहे वे वैयक्तिक हों , सामाजिक हों या राजनैतिक हों , और किसी क्षेत्र में हों , विवेकहीनता का परिणाम है । सम्यक् दृष्टि या सम्यक् प्रज्ञा पदार्थों का उसी रूप में बोध करना है जैसा कि वे है , और ये चारों आर्य सत्य ही है , जो पदार्थों की व्याख्या उनके वास्तविक यथाभूत - दर्शन रूप में

करते हैं । अतएव सम्यक् दृष्टि , अन्ततः चारों आर्य सत्यों का बोध कराती है । यह सम्यक् दृष्टि ही उच्चतम विवेक है , जो चरम यथार्थ को देखता है । बौद्ध धर्म के अनुसार बोध या प्रज्ञा दो प्रकार की होती है । साधारणतया हम प्रज्ञा कहते हैं , वह ज्ञान , संचित स्मृति , किसी दिए हुए विवरण के अनुसार को बुद्धि द्वारा ग्रहण कर लेना है । यह " यथातथ्य जानना " धमत् " अनुबोध " य अ अ हैं ध व रहै । यह बहुत गहरा नहीं होता । वास्तविक गहन बोध सूक्ष्म बुद्धि से समझना (प्रतिवेध , पटिवेध) , पदार्थ को नाम या लेबिल के बिना , उसके वास्तविक स्वरूप में देखना कहलाता है । यह प्रतिबंध , सूक्ष्म बुद्धि की भेदक दृष्टि , केवल तभी सम्भव है । जब चित्त समस्त विकारों से मुक्त हो और ध्यान द्वारा पूर्ण विकसित हो चुका है । " मार्ग " के इस संक्षिप्त विवरण से कोई देख सकता है कि प्रत्येक व्यक्ति द्वारा अनुसरण करने , अभ्यास करने और (अपना) विकास करने के लिए जीवन का यह एक मार्ग है । यह मार्ग काय , वचन और मन का ; आत्म - अनुशासन , प्रात्म - विकास और आत्म - शुद्धि का है । यह पथ मूलभूत वास्तविकता (तथ्यता) के साक्षात्कार की और नैतिक , आध्यात्मिक और बौद्धिक परिपूर्णता के माध्यम से पूर्ण मुक्ति , सुख और शान्ति को ओर ले जाता है । बौद्धों में धार्मिक अवसरों की , सादे और सुन्दर ढंग की प्रथाएं और समारोह हैं । उनका वास्तविक धर्म - पथ से कोई सम्बन्ध नहीं है । किन्तु ऐसे लोगों को जो धर्म - पथ पर अपेक्षाकृत कम बढ़ सके हैं , कुछ धार्मिक भावनाओं और आवश्यकताओं को संतुष्ट करने हेतु और धीरे - धीरे उनके पथ पर बढ़ाने के लिए इन प्रथाओं और समा रोहों का अपना महत्व है । चार आर्य सत्यों के सम्बन्ध में हमें चार आवश्यक कृत्य करने होते हैं : पहला आर्य सत्य ' दुःख ' है , जीवन की प्रकृति स्वरूप , इसकी पीड़ाएं , इसके विषाद और हर्ष , इसकी अपूर्णता और असन्तोष , इसकी अनित्यता और सारा । इसके सम्बन्ध में हमारा कार्य इसको स्पष्ट

रूप से और पूर्ण रूप से एक तथ्य के रूप में (परिज्ञेय) समझ लेना है । दूसरा आर्य सत्य दुःख का उदय है , जो कि इच्छा , " तृष्णा " है , इसके साथ सभी क्लेश जन्य वासनाएं , दोष और अशुद्धताएं जुड़ी रहती हैं । इस तथ्य को समझ लेना मात्र पर्याप्त नहीं है । यहां हमारा कार्य इसे हटाना , इसको समाप्त करना , इसका नाश करना और इसे समूल नष्ट कर देना (पहातब्ब) है । तीसरा पायं सत्य दुःख का निरोध प्रर्थात् निर्वाण , परम सत्य चरम यथार्थ है । यहां हमारा कृत्य इसको भली - भांति (सण्डिकाब्य) समझ लेता धनुभव करना है . चौथा प्राय सत्य निर्वाण साधना का ' मार्ग है । इस मार्ग या पक्ष का केवल ज्ञान हो जाना ही भले ही वह कितना ही पूर्ण क्यों न हो , पर्याप्त नहीं होता । इस विषय में , हमारा कृत्य , इस साधना का भावेतब्ब अर्थात अनुसरण करना और इसी में लगे रहना है । भगवान बुद्ध का दर्शन जितना मानवीय एवं आध्यात्मिक है , उतना ही उनका व्यवहार भी समता मूलक एवं मानवीय है । अन्त में संक्षेप में उस सम्बन्ध में भी कुछ चर्चा करना उचित प्रतीत होता है । सामान्य रूप से प्रचलित अर्थ में भगवान बुद्ध की विचारधारा को धर्म कहना चाहिये या उससे उत्कृष्ट मानवीय अध्यात्मिक , यह एक विचारणीय विषय है । लेकिन भगवान बुद्ध को उस कोटि में रख कर देखने पर अपने को मनुष्य है , यह बतलाने वाला एक मात्र धर्म प्रवर्तक भगवान बुद्ध ही है । भगवान बुद्ध ने अपने को ईश्वर का अवतार है अथवा ईश्वर के द्वारा भेजे गये है , नहीं बतलाये हैं । भगवान बुद्ध ने अपने को किसी दैवी शक्ति के द्वारा प्रेरित भी नहीं बतलाया है । बुद्धत्व ज्ञान उन्होंने इस मनुष्य शरीर में मनुष्य बुद्धि से प्राप्त किया है । इस तथ्यता को बतलाने वाले भगवान बुद्ध ही थे । इतना ही नहीं बुद्धत्व मनुष्य ही प्राप्त कर सकता है और यह शक्ति प्रत्येक मनुष्य में है । बुद्धत्व ज्ञान प्राप्त करने के लिये वीर्य , अधिष्ठान , श्रद्धा , प्रज्ञा आदि गुणों की आवश्यकता है । बौद्धों में यह गुण दस पारिमिताएं बतलाई गई है ।

भगवान बुद्ध इस प्रकार लोक पुरुष मनुष्य होने पर भी आश्चर्य जनक रूप से लोक श्रेष्ठ अद्भुत मनुष्य थे । बोद्धधर्म के अनुसार मनुष्य ही अनुत्तर एवं श्रेष्ठ है । उसके भविष्य का निर्णय करने वाला कोई बाहरी देवीशक्ति या दैवी पुरुष नहीं है । मनुष्य अपना स्वामी काप है , अपने ही अपनी गति है । अपना शरण आप बनो दूसरे का शरण न ढूंडो । धम्मपद , एवं महापरिनिर्वाण सूत्र में भगवान बुद्ध ने अपने शिष्यों को स्पष्ट आदेश दिया है कि अपनी बुद्धि एवं उत्साह के बल पर सभी बन्धनों से मुक्त होने की शक्ति मनुष्य में है और अपना उत्थान एवं मुक्ति अपने ही परिश्रम से कर लेने का आदेश भी जोर पार शब्दों में भगवान बुद्ध ने अपने शिष्यों को दिया है । तुम्हें कार्य करना है , यदि भगवान बुद्ध को रक्ष कहा तो यह इस अर्थ में कि उन्होंने निर्वाण अर्थात् दुःख से मुक्ति का मार्ग हमे दिखलाया था । लेकिन उस मार्ग पर कर निर्वाण प्राप्त करना हमारा अपना कार्य है तथागत तो मात्र मार्ग द्रष्टा है । तथागत ने अपने शिष्यों को स्वतंत्र छोड़ दिया क्योंकि प्रत्येक व्यक्ति अपने प्रति जिम्मेदार है । महापरिनिर्वाण सूत्र में भगवान ने कहा है " मानन्द ! मैंने अन्दर न बाहर करके धर्म उपदेश दिये है । यानन्द ! धर्मा में तथागत को कोई पाचार्य मुष्टि (रहस्य) नहीं है । मानन्द ! जिसको ऐसा हो कि में भिक्षुसंघ को धारण करता हूँ , भिक्षु संघ मेरे उद्देशय से है वह जरूर मानन्द ! भिक्षु संघ के लिये कुछ कहें । आनन्द तथागत को ऐसा कुछ नहीं कहना है । सत्य को अपना ही अनुभव किये बिना , आज्ञाकारी सद्गुणों के लिये किसी दैवी शक्ति के द्वारा प्राप्त होने वाली दयामयी आशीर्वाद से मनुष्य को दुःख से मुक्ति नहीं मिल सकती है । अतः मनुष्य को इस स्वतंत्रता की आवश्यकता है । एक बार तथागत कोशल देश के केशपुत (केसपुत्त) नामक निगम में पधारे थे । इस निगम के लोग " कालाम " नाम से ही जाने जाते थे । अपने निगम में भगवान पधारे है , यह सुनकर केशपुतवासी कालाम जहां भगवान थे , वहां गये

और कहा : भन्ते ! कोई कोई श्रमण - ब्राह्मण केशपुत्र में आते हैं , ये अपने ही मतको प्रकाशित करते हैं , चमकाते हैं , दूसरे की मत की निन्दा करते हैं । अनादर करते हैं , तिरस्कार करते हैं , भन्ते ! हम लोगों को संदेह हो ही जाता है , दुविधा हो जाती है कि इन आप श्रमण ब्राह्मणों में से किसने सत्य कहा और किसने झूठ ? इस प्रश्न का उत्तर तथागत ने निम्नलिखित रूप में दिया जो धर्म इतिहास में ब जोड़ है " कालामों ! तुम्हारा संदेह करना ठीक है , दुविधा में पड़न । ठीक है , क्योंकि संदेह करने की बात में तुम्हें दुविधा हुई है ।

कालामो ! तुम लोग किसी भी मत को श्रुति से आने के कारण मत ग्रहण करो , मत ग्रहण करो परम्परागत होने से , मत ग्रहण करो कि ऐसा करते आये हैं , मत ग्रहण करो कि धर्मग्रन्थों से मेल खाता है , तक से भी मत ग्रहण करो , न्याय से भी ग्रहण मत करो , धाकार प्रकार के होने से भी मत ग्रहण करो , पसन्द आने से भी ग्रहण मह करते , आर्षक व्यक्तित्व से ग्रहण मत करो और मय ग्रहण करो कि ये श्रमण हमारे पूज्य है । अब कालाम | तुम लोग स्वयं ही धान लो मे बातें बातें दोषवाली है , ये बातें है के हितकर और दुखी होती है तो काम तुम (बुरी) है , ये ग्रहण करनेकालोमों ! तुम लोग किसी भी बात को श्रुति से आने के कारण मत ग्रहण करो , मत ग्रहण करो परम्परागत होने से , मत ग्रहण करो कि ऐसा ही करते आये हैं । मत ग्रहण करो कि धर्म ग्रंथों से मेल खाता है , तर्क से भी मत ग्रहण करो , न्याय से भी मत ग्रहण करो , भाकार - प्रकार से सुन्दर होने से भी मत ग्रहण करो , पसन्द आने से भी मत ग्रहण करो , आकर्षक व्यक्तित्व के कारण मत ग्रहण करो और मत ग्रहण करो कि ये श्रमण हमारे पूज्य है । जब कालमों ! तुम लोग स्वयं ही जान लो कि ये बाते कुशल हैं , ये बातें निर्दोष है , ये बातें जानकारों द्वारा प्रशंसित है , तो कालमों तुम लोग उनसे मुक्त होकर विहार करना । भगवान ने कहा -- " भिक्षुत्र विमर्शक भिक्षु को तथागत के विषय में चक्षु- श्रोत द्वारा जानने योग्य

(विज्ञेय) धर्मो (= बातों) के सम्बन्ध में जानकारी करनी चाहिए --जो चक्षु स्रोत विज्ञेय मलिन धर्म (= पाप) है , वह (इस) तथागत के हैं , या नहीं ? उसकी जांच करते हुए (जब) वह यह देखता है -चक्षु स्रोत विज्ञेय मलिन धर्म तथागत में नहीं है । --- तब आगे जांच करता है जो चक्षु स्रोत -- विज्ञेय (= पाप पुण्य मिश्रित) धर्म है , वह तथागत में है या नहीं ? -व्यति -- मित्र धर्म तथागत में नहीं है । तब आगे जांच करता है -- जो चक्षु श्रोत = विज्ञेय अवदात (= शुद्ध) धर्म (= पुण्य) हैं , वह तथागत में हैं या नहीं ?

तथागत के उपदेश के अनुसार यह विचिकिच्छा (संदेह) सत्य दर्शन के लिये आध्यात्म उन्नति के लिये अर्थात् सब प्रकार की उन्नतियों के लिये बाधक पंचनी वरणों में से एक है । लेकिन संदेह करना पाप नहीं है । श्रावकों की भक्ति के सम्बन्ध में नीतियों की कोई सूची बौद्ध धर्म में नहीं है । उसी प्रकार धार्मिक जगत में सामान्य प्रचलित अर्थ में पाप को जिस पर्व में लिया जाता है उस अर्थ में कोई " पाप " भी बौद्ध धर्म में नहीं है । सभी प्रकुशलों अर्थात् दुःश वरिखताथों और गलत दृष्टि (मिथ्या दृष्टि) है । संदेह , ग्रन्थी , ऊहापोह जब तक है तब तक बुद्धि , मूल न जानना (भविज्जा) उन्नति , प्रगति नहीं होती है । उसी प्रकार सष्ट रूप से समझ में न आने तक विचिकिच्छा नहीं मिटता है , यह भी विवादरहित सत्य है । भविष्य में उन्नति चाहते है तो विचिकिच्छा संशय - संदेह से मुक्ति आवश्यक है । संदेह से मुक्त होने के लिये सम्यक् दृष्टि आवश्यक है ।

संदर्भ - शांति का मार्ग

सिद्धांत

गौतम बुद्ध ने अपने द्वारा कोई नवीन धर्म या सम्प्रदाय स्थापित करने का प्रयास नहीं किया । न तो उन्होंने धार्मिक सिद्धान्तों तथा रूढ़ियों के विषय में चर्चा की और न ही नियमों एवं विधियों के विषय में । उन्होंने तो केवल जीवन के एक नवीन पथ की ओर संकेत किया । सद्गुणों के इस मार्ग पर चलने से प्रत्येक व्यक्ति जीवन तथा मरण के बन्धन से मुक्ति पा सकता है । उनके उपदेशों का आधार आत्मा , कार्य तथा आचार - विचार की पवित्रता है । उन्होंने वेदों की प्रामाणिकता और अपौरुषेयता (अर्थात् ईश्वर द्वारा रचित) को अस्वीकार किया । यज्ञों में पशु - बलि जैसी हिंसात्मक प्रवृत्तियों की निन्दा की तथा अर्थहीन धार्मिक विधियों एवं अनुष्ठानों का घोर विरोध किया । जाति - प्रथा तथा ब्राह्मणों के प्रभुत्व को चुनौती दी ।

विश्व का सृजन करने वाले ईश्वर के अस्तित्व में सन्देह प्रकट किया । आत्मा और परमात्मा के झगड़ों में वे नहीं पड़े । उनके मतानुसार अपने स्वयं के विकास के लिए व्यक्तिगत श्रम और सात्विक जीवन ही सबसे अधिक महत्त्वपूर्ण है । जिस सात्विक तथा सदाचारपूर्ण मार्ग को उन्होंने सुझाया है , वह व्यावहारिक , नैतिक गुणों का एक समूह है । वह विवेकशील है । अतएव बौद्ध धर्म धार्मिक क्रान्ति की अपेक्षा सामाजिक क्रान्ति ही अधिक था । बुद्ध के उपदेश

गौतम बुद्ध ने निम्नलिखित चार आर्यसत्यों का उपदेश दिया 1. इस संसार में दुःख है , 2. इस दुःख का एक कारण है , 3. यह कारण इच्छा या वासना है , 4. वासना को नष्ट करके इस दुःख को दूर किया जा सकता के बन्धन से बचने अथवा दुःखों को समाप्त करने के लिए मनुष्य को अष्टांगिक मार्ग का अनुकरण करना चाहिए । इस अष्टांगिक मार्ग में निम्नलिखित आठ बातें सम्मिलित हैं आवागमन 1. सम्यक् दृष्टि , 2. सम्यक् संकल्प , 3. सम्यक् वाक् , 4. सम्यक् कर्म , 5. सम्यक् आजीव , 6. सम्यक् व्यायाम या प्रयत्न , 7. सम्यक् स्मृति और 8. सम्यक् समाधि ।

बुद्ध ने जीवन की सादगी पर बल दिया । उनके अनुसार समाज में ऊँच - नीच की भावना का कोई महत्त्व नहीं है । उनका कहना था कि पवित्र जीवन व्यतीत करने के लिए किसी व्यक्ति का उच्च जाति में जन्म लेना आवश्यक नहीं है । इसीलिए उन्होंने बिना भेदभाव के उन सभी व्यक्तियों को बौद्ध संघ का सदस्य बना लिया जो संघ के सदस्य बनना चाहते थे । बुद्ध ने अपने उपदेश जन - साधारण की भाषा में दिये । इसलिए वे बहुत लोकप्रिय हुए ।

इन सिद्धान्तों को बुद्ध और महावीर दोनों ही मानते थे । किन्तु बुद्ध और महावीर के उपदेशों में एक महान अन्तर भी है । बुद्ध ने मध्यमार्ग पर बल दिया । उनके अनुसार पवित्र जीवन बिताने के लिए मनुष्य को दोनों प्रकार की अति से बचना चाहिए । न तो उसे कठोर

तप करना चाहिए और न ही सांसारिक सुखों की प्राप्ति के लिए पूर्णतया वासनाओं में लिप्त हो जाना चाहिए । ध्यान रहे भगवान महावीर ने कठोर तप और शारीरिक यातना पर अधिक बल दिया है । महावीर की भांति बुद्ध ने भी अहिंसा का उपदेश दिया ।
संदर्भ - पुस्तक महल, दिल्ली ।

अहसनुल बयान

सूरह अल कहफ 18, आयत 6

तो अगर ये लोग इस (1) पर ईमान नहीं लाएंगे तो क्या आप भी इनके बाद इसी गम में नाश होंगे?

6.1 यह हदीस पवित्र कुरान को संदर्भित करती है। काफ़िरों को ईमान में लाने की आपकी जो तीव्र इच्छा थी और उनके इनकार करने पर उन्होंने आपको जो कष्ट पहुँचाया, वह आपकी उसी अवस्था और जुनून की अभिव्यक्ति है।

तफ्सीर अस सादी

क्योंकि नबी सल्लल्लाहु अलैहि व सल्लम को लोगों के मार्गदर्शन की बड़ी इच्छा थी और वे संदैव उनके मार्गदर्शन के लिए प्रयत्नशील रहते थे। इस्लाम में परिवर्तित व्यक्ति के मार्गदर्शन को स्वीकार करने में उन्हें बहुत खुशी हुई। गुमराह लोगों पर रहम और रहम की वजह से काफ़िर अफ़सोस और गम में डूबे रहते थे, इसलिए अल्लाह तआला ने आपसे कहा कि जो लोग इस कुरआन पर ईमान नहीं लाते उनके व्यवहार पर अफ़सोस और रहम न करें। जैसा कि एक अन्य आयत में कहा गया है: (لَعَلَّكَ بَخِيٌّ نَّفْسَكَ أَلَّ يَكُونُوٓ مُمْنِينَ) (अल-शारा: 2) 6/3) "शायद आप इस दुःख में खुद को हल्का कर लेंगे कि ये लोग विश्वास नहीं करते हैं।" उन्होंने एक अन्य स्थान पर कहा : (फ़ातिर 35:8) "तो उन लोगों के दुःख में अपनी आत्मा न खोना।" यद्यपि आपका इनाम अल्लाह ताला पर अनिवार्य हो गया है, लेकिन अगर अल्लाह ताला इन लोगों के बारे में कुछ भी जानता, तो वह निश्चित रूप से ऐसा करता। उन्हें मार्गदर्शन का आशीर्वाद दिया। लेकिन वह जानता है कि ये लोग आग के अलावा किसी भी चीज़ में सक्षम नहीं हैं, इसलिए अल्लाह ने उन्हें उनके हाल पर छोड़ दिया है और वे सही रास्ता नहीं पा

सके, इसलिए वह उनके दुःख और दुःख में खुद को शामिल कर लिया। ऐसा करने से आपको कोई फायदा नहीं होगा।

इस श्लोक और ऐसे अन्य श्लोकों में एक सीख है. सृष्टि को अल्लाह तआला की ओर आमंत्रित करने, दावा का प्रचार करने, मार्गदर्शन की मंजिल तक ले जाने वाले सभी साधनों के लिए प्रयास करने, गुमराही के रास्तों को यथासंभव अवरुद्ध करने के लिए जिम्मेदार व्यक्ति पर यह अनिवार्य है। इस मामले में अल्लाह ताला पर भरोसा रखो। इसलिए यदि वे सही रास्ते पर हैं, तो बेहतर है, अन्यथा इसे उनके दुःख के साथ नहीं जोड़ा जाना चाहिए, क्योंकि यह चीज़ कमजोर और मजबूत को नष्ट कर देती है। ऐसा करने से कोई फ़ायदा नहीं है, बल्कि जिस उद्देश्य के लिए इसे सौंपा गया है, वह ख़त्म हो जाएगा। उपदेश, दावा और प्रयत्न के अतिरिक्त सब कुछ उसके अधिकार से बाहर है। जब अल्लाह ताला पवित्र पैगंबर (सल्लल्लाहु अलैहि व सल्लम) से कहते हैं: "आप जिसे चाहें मार्गदर्शन नहीं दे सकते।" पैगंबर मूसा (सल्लल्लाहु अलैहि व सल्लम) ने स्वीकार किया। मेरे नाथ! मेरा खुद पर और अपने भाई के अलावा किसी पर भी कोई अधिकार नहीं है।" इसलिए, पैगम्बरों के अलावा अन्य लोगों के पास पहले स्थान पर किसी को मार्गदर्शन देने का अधिकार नहीं है, जैसा कि सर्वशक्तिमान अल्लाह कहते हैं: (अल-गशिय्याह: 88-22, 21) "आप सलाह दें। तुम केवल उपदेश देनेवाले हो, तुम उन पर संरक्षक नियुक्त नहीं किये गये हो। "

तफ्सीर इब्ने कसीर
सूरह अल बकरह 2, आयत 155
आस्तिक कष्ट में धैर्यवान होता है और इस प्रकार पुरस्कार प्राप्त करता है
अल्लाह कहता है;

हम अवश्य ही किसी भय और भूख से तुम्हारी परीक्षा लेंगे।

और हम तुम्हारी परीक्षा भय और भूख से करेंगे।

अल्लाह हमें सूचित करता है कि वह अपने सेवकों का परीक्षण और परीक्षण करता है, जैसा कि उसने एक अन्य आयत में कहा:

और हम अवश्य तुम्हारी परीक्षा लेंगे, यहाँ तक कि हम जान लेंगे कि तुममें से कौन मेहनती और धैर्यवान है, और हम तुम्हारी परीक्षा लेंगे और तुम्हें बता देंगे।

और निःसन्देह, हम तुम्हें यहाँ तक परखेंगे कि हम उन लोगों को परखें, जो संघर्ष करते हैं (अल्लाह की राह में) और अस-साबिरिन (धैर्यवान), और हम तुम्हारी असलियत को भी परखेंगे (अर्थात जो झूठा है, और जो झूठा है) सत्य है)। (47:31)

इसलिए, वह कभी उदारता से और कभी भय और भूख की पीड़ा से उनकी परीक्षा लेता है।

अल्लाह ने एक अन्य आयत में कहा:

अत: परमेश्वर ने उसे भूख और भय के वस्त्र का स्वाद चखाया।

तो अल्लाह ने उसे अत्यधिक भूख (अकाल) और भय का स्वाद चखा दिया। (16:112)

डरे हुए और भूखे लोग कष्ट का असर बाहर से दिखाते हैं और यही कारण है कि अल्लाह ने यहां भय और भूख के लिए 'लिबास' (कवर या कपड़ा) शब्द का इस्तेमाल किया है।

ऊपर की आयतों में अल्लाह ने इन शब्दों का इस्तेमाल किया:

कुछ डर और भूख के साथ

 (कुछ डर, भूख के साथ), मतलब, प्रत्येक का थोड़ा-थोड़ा।

फिर अल्लाह ने कहा,

और पैसों की कमी है

धन की हानि,

अर्थात् धन का कुछ भाग नष्ट हो जायेगा।

और आत्मा

.ज़िंदगियाँ,

मतलब दोस्तों, रिश्तेदारों और प्रियजनों को मौत के घाट उतारना,

और फल

और फल,

मतलब, बगीचे और खेत सामान्य या अपेक्षित मात्रा में उत्पादन नहीं करेंगे।

यही कारण है कि अल्लाह ने आगे कहा:

उन लोगों को शुभ समाचार दो जो धैर्यवान हैं

लेकिन अस-साबिरिन (रोगी) को ख़ुशख़बरी दे दो।

फिर उन्होंने समझाया कि 'धैर्यवान' से उनका तात्पर्य किससे है जिसकी उन्होंने प्रशंसा की:

जो लोग, जब उन पर कोई विपत्ति आ पड़ती है, तो कहते हैं, "हम तो परमेश्वर के हैं, और उसी की ओर लौटेंगे।"

तफ्सीर जलालैन

2:156

जो लोग किसी दुःख वा विपत्ति में पड़कर कहते हैं, निश्चय हम परमेश्वर के हैं, हम उसकी निज भूमि और दास हैं, जिस से वह जैसा चाहता है वैसा ही करता है; और हम उसी की ओर लौटेंगे', आख़िरत में, जिसके बाद वह हमें बदला देगा: एक हदीस में [ऐसा कहा जाता है], 'जो कोई इस्तिरज का उच्चारण करता है' [sc. सूत्र 'निश्चित रूप से हम ईश्वर के हैं और हम उसी की ओर लौटेंगे'] जब कोई कष्ट उस पर पड़ता है, तो ईश्वर उसे पुरस्कृत करेगा और जो बेहतर होगा उसे मुआवजा देगा'। इसी तरह, यह कहा जाता है कि एक अवसर पर जब उनका दीपक बुझ गया, तो पैगंबर (स) ने इस्तिरज कहा, जिसके बाद ईशा ने उनसे कहा, 'लेकिन, यह सिर्फ एक दीपक है', जिस पर उन्होंने

उत्तर दिया, 'जो कुछ भी एक आस्तिक को परेशान करता है वह एक प्रकार का दुःख है': यह एबी इव्ड ने अपनी मर्सल रिपोर्ट में बताया है।

रोग एवं स्थितियां

मौसमी भावात्मक विकार (एसएडी)

मौसमी भावात्मक विकार (SAD) एक प्रकार का अवसाद है जो मौसम में होने वाले बदलावों से संबंधित है - मौसमी भावात्मक विकार (SAD) हर साल लगभग एक ही समय पर शुरू और खत्म होता है। यदि आप SAD से पीड़ित अधिकांश लोगों की तरह हैं , तो आपके लक्षण पतझड़ में शुरू होते हैं और सर्दियों के महीनों तक जारी रहते हैं, जिससे आपकी ऊर्जा खत्म हो जाती है और आप मूडी महसूस करते हैं। ये लक्षण अक्सर वसंत और गर्मियों के महीनों के दौरान ठीक हो जाते हैं। कम बार, SAD वसंत या गर्मियों की शुरुआत में अवसाद का कारण बनता है और पतझड़ या सर्दियों के महीनों के दौरान ठीक हो जाता है।

SAD के उपचार में प्रकाश चिकित्सा (फोटोथेरेपी), मनोचिकित्सा और दवाएं शामिल हो सकती हैं।

हर साल होने वाले इस एहसास को सिर्फ़ "सर्दियों की उदासी" या मौसमी उदासी समझकर नज़रअंदाज़ न करें, जिससे आपको खुद ही निपटना है। पूरे साल अपने मूड और प्रेरणा को स्थिर रखने के लिए कदम उठाएँ।

लक्षण

ज़्यादातर मामलों में, मौसमी भावात्मक विकार के लक्षण पतझड़ के अंत या सर्दियों की शुरुआत में दिखाई देते हैं और वसंत और गर्मियों के धूप वाले दिनों में चले जाते हैं। कम आम तौर पर, विपरीत पैटर्न वाले लोगों में लक्षण वसंत या गर्मियों में शुरू होते हैं। किसी भी मामले में, लक्षण हल्के से शुरू हो सकते हैं और मौसम बढ़ने के साथ और अधिक गंभीर हो सकते हैं।

SAD के संकेतों और लक्षणों में निम्नलिखित शामिल हो सकते हैं:

दिन के अधिकांश समय, लगभग हर दिन, सुस्त, उदास या निराश महसूस करना
उन गतिविधियों में रुचि खोना जिन्हें आप पहले पसंद करते थे
कम ऊर्जा और सुस्ती महसूस होना
बहुत अधिक सोने में समस्या होना
कार्बोहाइड्रेट की लालसा, अधिक भोजन और वजन बढ़ना
ध्यान केन्द्रित करने में कठिनाई होना
निराश, बेकार या दोषी महसूस करना
जीने की इच्छा न होने के विचार आना
शरद ऋतु और शीत ऋतु SAD
सर्दियों में होने वाले SAD (जिसे कभी-कभी शीतकालीन अवसाद भी कहा जाता है) के विशिष्ट लक्षणों में निम्नलिखित शामिल हो सकते हैं:

अधिक सोना
भूख में परिवर्तन, विशेष रूप से कार्बोहाइड्रेट युक्त खाद्य पदार्थों की लालसा

भार बढ़ना

थकान या कम ऊर्जा

वसंत और ग्रीष्म ऋतु SAD

ग्रीष्म ऋतु में होने वाले मौसमी उत्तेजित विकार के विशिष्ट लक्षण, जिन्हें कभी-कभी ग्रीष्मकालीन अवसाद भी कहा जाता है, में निम्नलिखित शामिल हो सकते हैं:

नींद न आना (अनिद्रा)

अपर्याप्त भूख

वजन घटना

उत्तेजना या चिंता

चिड़चिड़ापन बढ़ना

मौसमी परिवर्तन और द्विध्रुवी विकार

उदासी

"उदासी एक भावनात्मक दर्द है जो नुकसान, हानि, निराशा , शोक , लाचारी, निराशा और दुख की भावनाओं से जुड़ा हुआ है या इसकी विशेषता है । उदासी का अनुभव करने वाला व्यक्ति शांत या सुस्त हो सकता है , और खुद को दूसरों से अलग कर सकता है। गंभीर उदासी का एक उदाहरण अवसाद है , एक मनोदशा जो प्रमुख अवसादग्रस्तता विकार या लगातार अवसादग्रस्तता विकार के कारण हो सकती है । रोना उदासी का संकेत हो सकता है।

1672 की मूर्ति एनटॉम्बमेंट ऑफ क्राइस्ट का एक विवरण , जिसमें मैरी मैग्डलीन को रोते हुए दिखाया गया है
पॉल एकमैन द्वारा वर्णित छह बुनियादी भावनाओं में से एक उदासी है , जिसमें खुशी , क्रोध , आश्चर्य , भय और घृणा भी शामिल है । 271–4

बचपन

बचपन में उदासी एक आम अनुभव है। कभी-कभी, उदासी अवसाद का कारण बन सकती है। कुछ परिवारों में (सचेत या अचेतन) यह नियम हो सकता है कि उदासी की "अनुमति नहीं है", लेकिन रॉबिन स्किनर ने सुझाव दिया है कि इससे समस्याएँ हो सकती हैं, उनका तर्क है कि उदासी को "छिपाकर" रखने से लोग उथले और उन्मत्त हो सकते हैं। : 33, 36 बाल रोग विशेषज्ञ टी. बेरी ब्रेज़लटन सुझाव देते हैं कि उदासी को स्वीकार करने से परिवारों के लिए अधिक गंभीर भावनात्मक समस्याओं का समाधान करना आसान हो सकता है। : 46, 48

उदासी बच्चे की माँ के साथ शुरुआती सहजीवन से अलग होने और अधिक स्वतंत्र होने की सामान्य प्रक्रिया का हिस्सा है। हर बार जब बच्चा थोड़ा और अलग होता है, तो उसे एक छोटे नुकसान का सामना करना पड़ता है। अगर माँ शामिल होने वाले छोटे-मोटे संकट को बर्दाश्त नहीं कर सकती, तो बच्चा कभी नहीं सीख सकता कि खुद से दुख से कैसे निपटा जाए। : 158–9 ब्रेज़लटन का तर्क है कि बच्चे को बहुत ज़्यादा खुश करना उनके लिए दुख की भावना को कम कर देता है; : 52 और सेल्मा फ्रैबर्ग सुझाव देते हैं कि बच्चे के नुकसान को पूरी तरह और गहराई से अनुभव करने के अधिकार का सम्मान करना महत्वपूर्ण है।

मार्गरेट महलर ने भी उदासी को महसूस करने की क्षमता को एक भावनात्मक उपलब्धि के रूप में देखा, उदाहरण के लिए बेचैन अति सक्रियता के माध्यम से इसे दूर करने के विपरीत। डी.डब्लू. विनीकॉट ने इसी तरह दुखी रोने में बाद के जीवन में मूल्यवान संगीत अनुभवों की मनोवैज्ञानिक जड़ देखी।

न्यूरोएनाटॉमी

उदासी के तंत्रिका विज्ञान पर भारी मात्रा में शोध किया गया है। अमेरिकन जर्नल ऑफ साइकियाट्री के अनुसार , उदासी "मध्य और पश्च टेम्पोरल कॉर्टेक्स , लेटरल सेरिबैलम , सेरिबेलर वर्मिस , मिडब्रेन , पुटामेन और कॉडेट के आसपास के क्षेत्र में द्विपक्षीय गतिविधि में वृद्धि" से जुड़ी पाई गई है। जोस वी. पार्डो के पास एमडी और पीएचडी है और वे संज्ञानात्मक तंत्रिका विज्ञान में एक शोध कार्यक्रम का नेतृत्व करते हैं। पॉज़िट्रॉन एमिशन टोमोग्राफी (पीईटी) का उपयोग करते हुए पार्डो और उनके सहयोगी सात सामान्य पुरुषों और महिलाओं को दुखद चीजों के बारे में सोचने के लिए कहकर उनमें उदासी पैदा करने में सक्षम थे। उन्होंने द्विपक्षीय अवर और ऑर्बिटोफ्रंटल कॉर्टेक्स में मस्तिष्क की गतिविधि में वृद्धि देखी। एक अध्ययन में, द्विपक्षीय पूर्ववर्ती लौकिक संरचनाओं में भी गतिविधि में उल्लेखनीय वृद्धि देखी गई।

तंत्र मुकाबला
(मनोविज्ञान)

एक आदमी अपने सिर पर हाथ रखकर दुख व्यक्त कर रहा है

मारिजा और पेटर स्कुलजेविक के परिवार की एक नक्काशी उनकी मृत्यु पर दुख दर्शाती है
लोग अलग-अलग तरीकों से उदासी से निपटते हैं, और यह एक महत्वपूर्ण भावना है क्योंकि यह लोगों को उनकी स्थिति से निपटने के लिए प्रेरित करने में मदद करती है। कुछ मुकाबला करने के तरीकों में शामिल हैं: सामाजिक समर्थन प्राप्त करना और/या पालतू जानवर के साथ समय बिताना, एक सूची बनाना, या दुख व्यक्त करने के लिए किसी गतिविधि में शामिल होना। कुछ व्यक्ति, जब दुखी महसूस करते हैं, तो वे खुद को सामाजिक सेटिंग से अलग कर सकते हैं, ताकि भावना से उबरने के लिए समय मिल सके।

हालांकि यह उन मनोदशाओं में से एक है जिससे लोग सबसे ज़्यादा छुटकारा पाना चाहते हैं, लेकिन उदासी कभी-कभी चुनी गई रणनीतियों जैसे कि चिंतन करना, "अपने दुखों को भुला देना" या खुद को हमेशा के लिए अलग-थलग कर लेना, के कारण बनी रह सकती है। : 69–70 उपरोक्त उदासी से निपटने के वैकल्पिक तरीकों के रूप में, संज्ञानात्मक व्यवहार थेरेपी इसके बजाय या तो अपने नकारात्मक विचारों को चुनौती देने या ध्यान भटकाने के लिए कुछ सकारात्मक घटना को शेड्यूल करने का सुझाव देती है। : 72

किसी के दुःख के प्रति चौकस रहना और उसके साथ धैर्य रखना भी लोगों के लिए एकांत के माध्यम से सीखने का एक तरीका हो सकता

है; जबकि लोगों को उनके दुःख के साथ रहने में मदद करने के लिए भावनात्मक समर्थन आगे सहायक हो सकता है। : 164 इस तरह के दृष्टिकोण को अंतर्निहित विश्वास से बढ़ावा मिलता है कि नुकसान (जब पूरे दिल से महसूस किया जाता है) जीवंतता की एक नई भावना और बाहरी दुनिया के साथ फिर से जुड़ाव पैदा कर सकता है।

छात्र सहानुभूति

पुतली का आकार उदासी का सूचक हो सकता है। छोटी पुतलियों के साथ एक उदास चेहरे की अभिव्यक्ति को पुतली के आकार में कमी आने पर अधिक गहन रूप से दुखद माना जाता है। एक व्यक्ति की अपनी पुतली का आकार भी इसे दर्शाता है और छोटी पुतलियों वाले उदास चेहरों को देखने पर छोटा हो जाता है। जब लोग तटस्थ, खुश या गुस्से वाले भावों को देखते हैं तो कोई समानांतर प्रभाव मौजूद नहीं होता है। जिस हद तक एक व्यक्ति की पुतलियाँ किसी अन्य की प्रतिबिम्ब होती हैं, वह सहानुभूति पर व्यक्ति के अधिक स्कोर की भविष्यवाणी करती है । ऑटिज्म और साइकोपैथी जैसे विकारों में, चेहरे के भाव जो उदासी का प्रतिनिधित्व करते हैं, वे सूक्ष्म हो सकते हैं, जो सहानुभूति के उनके स्तर को प्रभावित करने के लिए अधिक गैर-भाषाई स्थिति की आवश्यकता दिखा सकते हैं।

मुखर अभिव्यक्ति

डीआईपीआर वैज्ञानिक स्वाति जौहर के अनुसार , : VII उदासी एक भावना है "जिसे वर्तमान भाषण संवाद और प्रसंस्करण प्रणालियों द्वारा पहचाना जाता है"। : 12 मानव आवाज में उदासी को अन्य भावनाओं से अलग करने के मापों में रूट माध्य वर्ग (आरएमएस) ऊर्जा, अंतर-शब्द मौन और बोलने की दर शामिल हैं । यह ज्यादातर मौलिक आवृत्ति (f 0) के माध्य और परिवर्तनशीलता को कम करके संप्रेषित किया जाता है , इसके अलावा यह कम मुखर तीव्रता के साथ जुड़ा हुआ है, और समय के साथ f 0 में कमी के साथ है। जौहर का तर्क है कि, "जब कोई दुखी होता है, तो कमजोर उच्च ऑडियो आवृत्ति ऊर्जा के साथ धीमी, कम पिच वाली वाणी उत्पन्न होती है"। इसी तरह, "उदासी की कम ऊर्जा स्थिति धीमी गति, कम भाषण दर और औसत पिच को दर्शाती है"। : 10, 13

जैसा कि क्लॉस शेरर ने कहा है, उदासी "मानव आवाज़ में सबसे अच्छी तरह से पहचानी जाने वाली भावनाओं" में से एक है, हालांकि यह "आम तौर पर चेहरे की अभिव्यक्ति की तुलना में कुछ हद तक कम है"। शेरर के एक अध्ययन में, यह पाया गया कि पश्चिमी देशों में चेहरे की पहचान के लिए उदासी की सटीकता 79% और मुखर के लिए 71% थी, जबकि गैर-पश्चिमी देशों में परिणाम क्रमशः 74% और 58% थे।

सांस्कृतिक अन्वेषण

विल्हेम अम्बर्ग द्वारा लिखित, विचारों में खोया हुआ । दुःख का अनुभव करने वाला व्यक्ति शांत या सुस्त हो सकता है, और खुद को दूसरों से अलग कर सकता है।
पुनर्जागरण के दौरान, द फेयरी क्वीन में एडमंड स्पेंसर ने आध्यात्मिक प्रतिबद्धता के एक मार्कर के रूप में उदासी का समर्थन किया।

द लॉर्ड ऑफ द रिंग्स में , उदासी को अप्रसन्नता से अलग किया गया है, जो जेआरआर टोल्किन की एक उदास, लेकिन सुलझे हुए दृढ़ संकल्प के लिए प्राथमिकता का उदाहरण है , जो कि निराशा या आशा के उथले प्रलोभनों के रूप में उन्होंने देखा था ।

जूलिया क्रिस्टेवा का मानना था कि "मनोदशाओं की विविधता, उदासी में विविधता, दुःख या शोक में परिष्कार एक ऐसी मानवता की छाप है जो निश्चित रूप से विजयी नहीं है, लेकिन सूक्ष्म, लड़ने के लिए तैयार और रचनात्मक है"।

दुख से निपटना

दुख के बारे में इस्लाम क्या कहता है और आप इससे कैसे निपट सकते हैं

इस्लाम में दुख

इस्लाम एक ऐसा धर्म है जो मानव स्वभाव का सम्मान करता है। अल्लाह उन भावनाओं से वाकिफ है जो लोग अनुभव करते हैं। उदाहरण के लिए, इस्लाम में दुख का एक स्थान है और इसे अनुभव करने से हतोत्साहित नहीं किया जाता है।

इस्लाम की कई कहानियाँ हैं जिनमें हम देखते हैं कि दुख था। ये कहानियाँ इस बात की पुष्टि करती हैं कि दुख का अनुभव करना ठीक है। पैगंबर (ﷺ) ने इसका अनुभव किया, उनके सहाबा और उनके बाद के विद्वानों ने भी इसका अनुभव किया।

दुखी होना एक स्वाभाविक भावना है। यह दुर्घटना, आघात, अन्याय और कई अन्य स्थितियों की स्थिति में होता है।

इसके अलावा, जब मुसलमान किसी कठिन परिस्थिति, दुःख या चिंता का अनुभव करते हैं तो उनके पापों को क्षमा कर दिया जाता है।

पैगंबर (ﷺ) ने कहा: "कभी भी कोई आस्तिक असुविधा, कठिनाई, बीमारी, दुःख और यहाँ तक कि चिंता से ग्रस्त नहीं होता है, सिवाय इसके कि उसके पाप क्षमा हो जाएँ।" [सहीह मुस्लिम 2573]

"मैं ही क्यों?"

दुःख में, वह विचार अक्सर अपने आप ही मन में आ जाता है, भले ही आप उसे रोकने की कोशिश करें। यह एक ऐसा विचार है जो आपके दर्द

में होने के पीछे एक तार्किक या उचित स्पष्टीकरण देने की कोशिश करता है।

अल्लाह किसी भी व्यक्ति को ऐसी विपत्ति या कठिनाई से परखता है जो दुःख का कारण बनती है। वास्तव में, वह लोगों के लिए सबसे अच्छा चाहता है। वह कुरान की कई आयतों में इसे व्यक्त करता है।

अल्लाह तुम्हारे लिए आसानी चाहता है और वह तुम्हारे लिए असुविधा नहीं चाहता।
[2:185 कुरान]

अल्लाह तुम्हारा बोझ हल्का करना चाहता है; और मनुष्य कमज़ोर बनाया गया है।
[4:28 कुरान]

तुम्हारी क्षमता से परे परीक्षा नहीं ली जाएगी

कभी-कभी यह इतना मुश्किल हो सकता है कि आपको लगे कि इससे निपटना तुम्हारी क्षमता से परे है। ऐसा तब होता है जब परीक्षा बहुत कठिन होती है। लेकिन अल्लाह कहता है कि किसी की क्षमता से परे परीक्षा नहीं ली जाती।

अल्लाह किसी पर उसकी क्षमता से परे बोझ नहीं डालता।
[2:286 कुरान]

दुख से निपटना

दुख से निपटने के अलग-अलग तरीके हैं। इसलिए इससे निपटने के अच्छे और बुरे तरीके हैं। लोगों के लिए दुख को नज़रअंदाज़ करने की कोशिश करना आम बात है, जिससे अवसाद हो सकता है।

इस्लाम हर मुसलमान को अपने दुख का इलाज करने की सलाह देता है। यह अन्य बातों के अलावा अल्लाह को याद करके किया जाता है। लेकिन जान लें कि सिर्फ़ अल्लाह को बार-बार याद करना ही दुख का हल नहीं है।

कई लोग सोचते हैं कि ईमान बढ़ाना, अल्लाह को याद करना या दुआ करना दुख का हल है। ऐसा हमेशा नहीं होता, क्योंकि दुख एक भावनात्मक प्रतिक्रिया है, और इसलिए इसके लिए भावनात्मक समाधान की आवश्यकता होती है।

लेकिन आप इस भावनात्मक प्रतिक्रिया का भावनात्मक समाधान से कैसे इलाज करते हैं? वह समाधान क्या है?

1. कारण का पता लगाएँ

सबसे पहले, अपने दुख का कारण निर्धारित करना महत्वपूर्ण है। ये अलग-अलग चीजें हो सकती हैं।
सामान्य कारण

प्रियजनों की हानि

माता-पिता जो आपको दुख पहुँचाते हैं

अलगाव

बर्खास्तगी

स्कूल में असफलता

आपकी उदासी का कारण उसकी तीव्रता निर्धारित करता है। यह सुनिश्चित करेगा कि आप, उदाहरण के लिए, अधिक गहरी उदासी का अनुभव कर सकते हैं।

कारण को संबोधित करने से आपको बहुत स्पष्टता मिलेगी। इस तरह आप इसे अधिक सटीक रूप से समझ सकते हैं। संकट एक तनावपूर्ण घटना के प्रति एक भावनात्मक प्रतिक्रिया है। प्रत्येक व्यक्ति किसी घटना का अलग-अलग तरीके से अनुभव करता है। इसका कुछ लोगों पर अधिक प्रभाव पड़ता है क्योंकि इसमें संवेदनशीलता की भूमिका होती है।

2. अपनी उदासी को जगह दें

अगला कदम है अपने आप को अपनी उदासी का अनुभव करने के लिए जगह देना। इसलिए यह अच्छा है कि आप अपनी उदासी व्यक्त करें और उसे वह जगह दें जिसकी वह हकदार है।

अपनी उदासी को जगह देने के लिए, कभी-कभी दैनिक कार्यों से ब्रेक लेना आवश्यक होता है। इस तरह आप अपने आप को अपनी उदासी का अनुभव करने के लिए समय और जगह देते हैं।

उदासी का अनुभव करना आपके द्वारा ढोए जा रहे दर्द से मुक्ति का हिस्सा है। आप अपने शरीर में नकारात्मक ऊर्जा और तनाव को कम करते हैं।

अपने दुख का अनुभव करके आप उस घटना का अपने ऊपर कम प्रभाव डालने के लिए द्वार खोलते हैं। आप अब उस व्यक्ति जितना दर्द नहीं उठाते जो अपने दुख को अनदेखा करता है।

अतिरिक्त: ट्रस्टियों से बात करें

एक स्वाभाविक क्रिया यह है कि जब हम दुखी होते हैं तो हम इसे उन लोगों के साथ साझा करते हैं जिन पर हम भरोसा करते हैं। अपनी कहानी किसी और के साथ साझा करना बहुत मददगार होता है। जो आपको परेशान कर रहा है उसे व्यक्त करना राहत और स्पष्टीकरण देता है, क्योंकि इससे तनाव और दर्द कम होता है।

फिर भरोसेमंद व्यक्ति द्वारा आपको दी जाने वाली समझ और करुणा यह सुनिश्चित करती है कि आप अपने लिए भी वही दृष्टिकोण अपनाएँ। और यही अगला कदम है: अपने लिए करुणा।

3. पुनर्स्थापना के लिए करुणा

हम अक्सर किसी नकारात्मक घटना का अनुभव करने के बाद खुद को आंकने लगते हैं। यह अक्सर अपने आप होता है, लेकिन इसके नकारात्मक परिणाम होते हैं। जब आप खुद को आंकते हैं, तो आप अनावश्यक अपराधबोध या आलोचना के द्वार खोलते हैं।

करुणा जो करती है वह यह है कि यह बिना किसी निर्णय के आपकी स्थिति को देखती है। यह एक तटस्थ दृष्टिकोण है जो अनावश्यक आलोचना या अपराधबोध को दूर करता है।

सच तो यह है कि हम हमेशा अपने अनुभव पर नियंत्रण नहीं रख पाते। उदाहरण के लिए, अगर आपने किसी प्रियजन को खो दिया है या किसी ने आपके साथ गलत किया है, तो आप इसके बारे में कुछ नहीं कर सकते।

जब आपके पास कुछ नियंत्रण था

बेशक ऐसी परिस्थितियाँ भी होती हैं, जहाँ आपके पास कुछ बदलने का अवसर होता है। उदाहरण के लिए, स्कूल में फेल होने या नौकरी से निकाले जाने के बारे में सोचें। उस पर हमारा कुछ नियंत्रण होता है, लेकिन अगर यह अन्यायपूर्ण तरीके से हुआ है, तो हम नहीं कर सकते। तब यह स्वीकार करने की बात है कि अन्याय हुआ है।

हम कभी-कभी ज़रूरत से ज़्यादा खुद की आलोचना करने लगते हैं। इसका नतीजा यह होगा कि हम जल्दी ही उपचार प्रक्रिया को बाधित कर देंगे।

करुणा का उद्देश्य

करुणा की पेशकश करने का उद्देश्य खुद को नीचा दिखाना और खुद के साथ कोमल होना नहीं है। हमारे पास पूरा नियंत्रण नहीं है, इसलिए हमें उस विचार को छोड़ देना चाहिए।

ज़रूर, अगर आपने किसी और के साथ गलत किया है, तो आपको दोष उस पर डालना होगा, जिस पर वह है (खुद पर)। फिर आपको उनके साथ मिलकर इसे सुलझाना होगा।

दुख के लिए प्रार्थना

अन्य बातों के अलावा, प्रार्थना करके भी कोई दुख को दूर कर सकता है। कई अदिया (दुआ का बहुवचन) वर्णित हैं। ये पैगंबर (ﷺ) और उनके साथियों द्वारा किए गए थे।

दुआओं का उद्देश्य राहत, अल्लाह की याद और दुख, कठिनाई और बहुत कुछ से संभावित मुक्ति का एक रूप है।

केवल दुआ करने से दुख से छुटकारा नहीं मिल सकता। आपको दुआ करने के साथ-साथ मामले के मूल तक भी पहुंचना चाहिए।

इब्न अब्बास ने बताया: पैगंबर (ﷺ) ने मुसीबत के समय में निम्नलिखित कहा: "अल्लाह के अलावा कोई भगवान नहीं है, जो सब कुछ जानता है, सहनशील है। अल्लाह के अलावा कोई भगवान नहीं है, जो महान सिंहासन का स्वामी है। अल्लाह के अलावा कोई भगवान नहीं है, जो आकाश, पृथ्वी और महान सिंहासन का स्वामी है।" [सहीह अल-बुखारी 7426, सहीह मुस्लिम 2730]

पैगंबर (ﷺ) ने कहा: "हे अल्लाह! मैं चिंता और दुःख से, अक्षमता और आलस्य से, कायरता और कंजूसी से, भारी कर्ज में डूबने से और (दूसरे) लोगों द्वारा दबाये जाने से आपकी शरण में आता हूँ।" [सहीह अल-बुखारी 6369]

इस्लाम में दुख की कहानियाँ

ऐसी कई इस्लामी कहानियाँ हैं जो संकेत देती हैं कि पैगंबर (ﷺ) ने दुख का अनुभव किया था। ये कहानियाँ दुख का सामना करने वाले किसी भी मुसलमान को वैधता प्रदान करती हैं।

ये कहानियाँ आपको यह अंतर्दृष्टि और समझ देती हैं कि दुख एक स्वाभाविक प्रतिक्रिया है। पैगम्बर (ﷺ) ने अपने जीवन में कई चीज़ों से गुज़रा। उदाहरण के लिए, उन्होंने अपनी पहली पत्नी खदीजा और अपने प्यारे चाचा अबू तालिब को एक ही वर्ष में खो दिया।

दुख का वर्ष

यह क्षण पैगम्बर (ﷺ) के जीवन में एक बहुत ही कठिन अवधि थी, जिसे 'आम अल-हुज़्न (दुख का वर्ष) के रूप में भी जाना जाता है। उन्होंने अपनी पहली पत्नी खदीजा को खो दिया। वह उनकी नबी होने पर विश्वास करने वाली पहली व्यक्ति थीं।

मुश्किल समय में खदीजा ने पैगम्बर (ﷺ) का साथ दिया। उन्होंने इसका अनुभव तब किया जब पैगम्बर (ﷺ) को पहली बार रहस्योद्घाटन प्राप्त हुआ। खदीजा का पैगम्बर (ﷺ) से 25 साल तक विवाह हुआ। जब पैगम्बर (ﷺ) पचास वर्ष के हुए तो उनकी मृत्यु हो गई।

खदीजा की मृत्यु के बाद, अबू तालिब: पैगम्बर (ﷺ) के प्यारे चाचा। अबू तालिब का कुरैशी लोगों के बीच एक सम्मानित स्थान था।

उनके पद ने उन्हें अपने भतीजे मोहम्मद को उनके विरोधियों से बचाने की शक्ति दी। जब अबू तालिब की मृत्यु हुई तो पैगंबर (ﷺ) ने यह सुरक्षा खो दी और उन्होंने कभी इस्लाम धर्म नहीं अपनाया।

खदीजा और अबू तालिब की मृत्यु एक ही वर्ष में हुई। खदीजा की मृत्यु के बाद, कई कठिनाइयाँ आईं। उन्होंने पैगंबर को उनकी नबी बनने में सांत्वना और सहायता प्रदान की। अबू तालिब की मृत्यु के साथ, उन्होंने अपने निजी जीवन में समर्थन और कुरैश से सुरक्षा खो दी। अबू तालिब की मृत्यु पैगंबर के मदीना में प्रवास करने से लगभग तीन साल पहले हुई थी। उस समय के दौरान, कुरैश ने पैगंबर को नुकसान पहुँचाने का अवसर जब्त कर लिया। कुरैश के एक व्यक्ति ने पैगंबर

(ﷺ) के सिर पर मिट्टी फेंक दी। वह अपने घर लौट आया जहाँ उसकी मुलाकात उसकी बेटी से हुई। जब उसने पैगंबर (ﷺ) के सिर से मिट्टी हटाई तो वह रो पड़ी, जिस पर पैगंबर (ﷺ) ने कहा: "रो मत मेरी बेटी, अल्लाह तुम्हारे पिता की रक्षा करेगा। वे (कुरैश) मुझे नुकसान पहुँचाने की हिम्मत नहीं कर पाए जब तक कि अबू तालिब की मृत्यु नहीं हो गई।" [इब्न हिशाम की सीरा, "खदीजा और अबू तालिब की मृत्यु"]

इब्राहिम की मृत्यु

पैगंबर (ﷺ) ने अपने जीवन के दौरान अपने कई बच्चों को खो दिया। इन बच्चों में से बेटे इब्राहिम की मृत्यु हो गई।

हम इस कहानी में देखते हैं कि पैगंबर भी परीक्षणों से प्रभावित थे। यह उनके मानवीय स्वभाव को साबित करता है और एक मुसलमान के जीवन में दुख के अनुभव को मान्य करता है।

[OBJ] अनस बिन मलिक ने बताया: हम अल्लाह के रसूल (ﷺ) के साथ लोहार अबू सैफ के पास गए, और वह इब्राहिम (पैगंबर के बेटे) की दूध पिलाने वाली पत्नी का पति था। अल्लाह के रसूल (ﷺ) ने इब्राहिम को ले लिया और उसे चूमा और उसकी खुशबू ली। बाद में हम अबू सैफ के घर वापस गए और उसी समय इब्राहिम ने अपनी आखिरी सांस ली, और अल्लाह के रसूल (ﷺ) की आँखों से आँसू बहने लगे। अब्दुर रहमान बिन औफ ने कहा: "ऐ अल्लाह के रसूल, तुम भी रोते हो!" अल्लाह के रसूल (ﷺ) ने कहा: "ऐ इब्न औफ़, यह दया है।" फिर अल्लाह के रसूल (ﷺ) और रोए और कहा: "आँखें आँसू बहा रही हैं और दिल दुखी है, और हम सिर्फ़ वही कहेंगे जो हमारे रब को

पसंद हो, ऐ इब्राहीम! वास्तव में हम तुम्हारे वियोग से दुखी हैं।"
[सहीह अल-बुखारी 1303]

रहस्योद्घाटन का विराम

मुहम्मद (ﷺ) की नबूवत के दौरान, रहस्योद्घाटन अस्थायी रूप से रुका हुआ था। यह कुछ समय के लिए हुआ जिससे पैगंबर (ﷺ) चिंतित और दुखी हो गए।

कुरैश के अविश्वासियों ने उस समय उन्हें नीचे गिराने की कोशिश की। इस प्रकार उन्होंने कहा कि अल्लाह ने रहस्योद्घाटन को रोक दिया क्योंकि वह उनसे नफरत करता था।

विरोधियों ने पैगंबर (ﷺ) को दुखी करने के लिए हर संभव कोशिश की। उन्होंने कहा: "अगर यह रहस्योद्घाटन वास्तव में अल्लाह से आया होता, तो यह लगातार (बिना रुके) होता, लेकिन अल्लाह उनसे नफरत करता है और उन्हें छोड़ दिया है।"

पैगंबर (ﷺ) कुरैश के शब्दों और उनके साथ उनके व्यवहार से दुखी थे। इसके बाद, विराम समाप्त हो गया और अल्लाह ने फिर से रहस्योद्घाटन किया।

इब्न इसहाक (प्रथम इस्लामी इतिहासकार) ने कहा: "फिर कुछ समय के लिए रहस्योद्घाटन बंद हो गया, जिसके बाद अल्लाह के रसूल (ﷺ) चिंतित और दुखी हो गए। फिर जिब्रील ने उनके लिए सूरत अद-दुहा लाया, जिसमें उनके रब, जिन्होंने उन्हें इतना सम्मान दिया

था, ने कसम खाई कि वह उन्हें भूले नहीं हैं, न ही उनसे नफरत करते हैं।" [सीरा इब्न हिशाम (1/225)]

अबू अथारी

अबू अथारी इस्लाम के भीतर बुनियादी सिद्धांतों के बारे में लिखते हैं। वह पहली तीन मुस्लिम पीढ़ियों के ज्ञान को फैलाने के लिए अपने आलोचनात्मक और अच्छी तरह से शोध किए गए तरीके का उपयोग करते हैं।

मेरी अन्य पुस्तकें निम्न है–

क्रमांक	पुस्तक का नाम
1	पृथ्वी के प्रचलित धर्म व पंथ
2	कुरान करीम का विशेष ज्ञान
3	जीवन एक पहेली व स्वास्थ्य
4	जीवन तथा भाषा की उत्पत्ति कैसे हुई?
5	इस्लाम एक परिचय व संप्रदाय
6	अल्लाह एक परिचय
7	आज भी अंल खि[illegible] जिंदा है?
8	सात सोने वालों की रहस्यमई घटना
9	प्रार्थना, सभी धर्मों में
10	उपदेश महान लोगों के, सभी धर्मों में
11	स्वप्न, व्याख्या, प्रत्येक धर्म में
12	हारूत तथा मारुत की कहानी
13	आत्मा (रूह) धर्म तथा विज्ञान की नजर में
14	असली सिकंदर (जुलकरनैन)
15	दुःख
16	ईश्वर, प्रार्थना, उपदेश, नास्तिक, दुःख
17	विश्व के प्रमुख धर्म मत व सम्प्रदाय
18	पवित्र कुरान एक परिचय तथा उसके अनसुलझे रहस्य

| 40 | पवित्र कुरआन का कानून सही या गलत? |
| 41 | पवित्र कुरआन में इंसानियत? |

यह सारी पुस्तकें अंग्रेजी संस्करण में भी उपलब्ध है। तथा कुछ अंतर्राष्ट्रीय भाषा में उपलब्ध है।

सभी पुस्तकें पेपर बैक संस्करण तथा हार्ड कवर संस्करण में भी उपलब्ध है।

उपरोक्त पुस्तकें

notionpress.com पर भी उपलब्ध है।

मेरी ई बुक संस्करण (निशुल्क) निम्न है —

क्रमांक	पुस्तक का नाम
1	विश्व के प्रमुख धर्म मत व सम्प्रदाय
2	पवित्र कुरान एक परिचय व उसके अनसुलझे रहस्य
3	जीवन की कुछ अनसुलझी पहेली
4	असली सिकंदर (जुलकरनैन)
5	स्वप्न (व्याख्या) धर्म तथा विज्ञान की नजर में
6	आत्मा (रूह) धर्म तथा विज्ञान की नजर में
7	मनुष्य तथा भाषा की उत्पत्ति कैसे हुई?
8	ईश्वर, प्रार्थना, उपदेश, नास्तिक, दुःख
9	हारूत तथा मारूत की कहानी
10	उपदेश महान लोगों के, सभी धर्मों में
11	प्रार्थना, सभी धर्मों में
12	आज भी अंल खि□ जिंदा है?
13	अल्लाह एक परिचय

अपना व्यक्तिगत परिचय

मेरा नाम अब्दुल वहीद है। मेरे पिता का नाम स्वर्गीय हाजी उबैदुर्रहमान है व माता का नाम जैबुन्निसा है । मैंने बचपन से ही वैज्ञानिक विचारधारा को पसंद किया है और शांत स्वभाव व पुस्तकों से लगाव रहा है । जिससे मेरी रोज जिज्ञासा रुचि निरंतर नए - नए खोजो को जानकारी में प्रयुक्त रहा है । मैं BSc करते समय पालीटेक्निक में सेलेक्शन हो गया था , लेकिन दुर्भाग्यवश अधूरा रह गया था क्योंकि पिता और भाई का सर्वगवास हो गया था ।

मेरे पिता जी की दो बातें जो , मेरे जीवन के लिए अत्यंत अनमोल है

<u>प्रथम - इमानदारी से कमाओ झूठ का सहारा मत लो ,</u>

<u>दूसरा अन्न की इज्जत करो और जितना खाना हो उतना ही लो ।</u>

इसलिए घर की जिम्मेदारी , फिर बाद में विवाह हो जाने के कारण शिक्षा अधूरी रह गई । फिर भी हिम्मत नहीं हारा और आज आपके सामने मेरे विचारों के रूप में पुस्तक उपलब्ध है । यदि कोई जानकारी अधूरी रह गई हो तो कृपया जरूर अवगत कराये ।

धन्यवाद ।

कृपया मुझसे संपर्क करें–

Abdul Waheed,Barabanki, UP, INDIA